LE HORLA

Guy de Maupassant

Copyright © 2021 Guy de Maupassant
(domaine public)
Édition : BoD – Books on Demand, 12/14 rond-point des Champs-Élysées, 75008 Paris.
Impression : BoD - Books on Demand,
Norderstedt, Allemagne.
ISBN : 9782322182701
Dépôt légal : mai 2021
Tous droits réservés
Ce livre a été produit et maquetté par Reedsy.com

Le Horla

....

8 mai. – Quelle journée admirable ! J'ai passé toute la matinée étendu sur l'herbe, devant ma maison, sous l'énorme platane qui la couvre, l'abrite et l'ombrage tout entière. J'aime ce pays, et j'aime y vivre parce que j'y ai mes racines, ces profondes et délicates racines, qui attachent un homme à la terre où sont nés et morts ses aïeux, qui l'attachent à ce qu'on pense et à ce qu'on mange, aux usages comme aux nourritures, aux locutions locales, aux intonations des paysans, aux odeurs du sol, des villages et de l'air lui-même.

J'aime ma maison où j'ai grandi. De mes fenêtres, je vois la Seine qui coule, le long de mon jardin, derrière la route, presque chez moi, la grande et large Seine, qui va de Rouen au Havre, couverte de bateaux qui passent.

À gauche, là-bas, Rouen, la vaste ville aux toits bleus, sous le peuple pointu des clochers gothiques. Ils sont innombrables, frêles ou larges, dominés par la flèche de fonte de la cathédrale, et pleins de cloches qui sonnent dans l'air bleu des belles matinées, jetant jusqu'à moi leur doux et lointain bourdonnement de fer, leur chant d'airain que la brise m'apporte, tantôt plus fort et tantôt plus affaibli, suivant qu'elle s'éveille ou s'assoupit.

Comme il faisait bon ce matin !

Vers onze heures, un long convoi de navires, traînés par un remorqueur, gros comme une mouche, et qui râlait de peine en vomissant une fumée épaisse, défila devant ma grille.

Après deux goélettes anglaises, dont le pavillon rouge ondoyait sur le ciel, venait un superbe trois-mâts brésilien, tout blanc, admirablement propre et luisant. Je le saluai, je ne sais pourquoi, tant ce navire me fit plaisir à voir.

15 mai. – J'ai un peu de fièvre depuis quelques jours ; je me sens souffrant, ou plutôt je me sens triste.

D'où viennent ces influences mystérieuses qui changent en découragement notre bonheur et notre confiance en détresse ? On dirait que l'air, l'air invisible est plein d'inconnaissables Puissances, dont nous subissons les voisinages mystérieux. Je m'éveille plein de gaieté, avec des envies de chanter dans la gorge. – Pourquoi ? – Je descends le long de l'eau ; et soudain, après une courte promenade, je rentre désolé, comme si quelque malheur m'attendait chez moi. – Pourquoi ? – Est-ce un frisson de froid qui, frôlant ma peau, a ébranlé mes nerfs et assombri mon âme ? Est-ce la forme des nuages, ou la couleur du jour, la couleur des choses, si variable, qui, passant par mes yeux, a troublé ma pensée ? Sait-on ? Tout ce qui nous entoure, tout ce que nous voyons sans le regarder, tout ce que nous frôlons sans le connaître, tout ce que nous touchons sans le palper, tout ce que nous rencontrons sans le distinguer, a sur nous, sur nos organes et, par eux, sur nos idées, sur notre cœur lui-même, des effets rapides, surprenants et inexplicables.

Comme il est profond, ce mystère de l'Invisible ! Nous ne le pouvons sonder avec nos sens misérables, avec nos yeux qui ne savent apercevoir ni le trop petit, ni le trop grand, ni le trop près, ni le trop loin, ni les habitants d'une étoile, ni les habitants d'une goutte d'eau... avec nos oreilles qui nous trompent, car elles nous transmettent les vibrations de l'air en notes sonores. Elles sont des fées qui font ce miracle de changer en bruit ce mouvement et par cette métamorphose donnent naissance à la musique, qui rend chantante l'agitation muette de la nature... avec notre odorat, plus faible que celui du chien... avec notre goût, qui peut à peine discerner l'âge d'un vin !

Ah ! si nous avions d'autres organes qui accompliraient en notre faveur d'autres miracles, que de choses nous pourrions découvrir encore autour de nous !

16 mai. – Je suis malade, décidément ! Je me portais si bien le mois dernier ! J'ai la fièvre, une fièvre atroce, ou plutôt un énervement fiévreux, qui rend mon âme aussi souffrante que mon corps ! J'ai sans cesse cette sensation affreuse d'un danger menaçant, cette appréhension d'un malheur qui vient ou de la mort qui approche, ce pressentiment qui est sans doute l'atteinte d'un mal encore inconnu, germant dans le sang et dans la chair.

18 mai. – Je viens d'aller consulter un médecin, car je ne pouvais plus dormir. Il m'a trouvé le pouls rapide, l'œil dilaté, les nerfs vibrants, mais sans aucun symptôme alarmant. Je dois me soumettre aux douches et boire du bromure de potassium.

25 mai. – Aucun changement ! Mon état, vraiment, est bizarre. À mesure qu'approche le soir, une inquiétude incompréhensible m'envahit, comme si la nuit cachait pour moi une menace terrible. Je dîne vite, puis j'essaie de lire ; mais je ne comprends pas les mots ; je distingue à peine les lettres. Je marche alors dans mon salon de long en large, sous l'oppression d'une crainte confuse et irrésistible, la crainte du sommeil et la crainte du lit.

Vers dix heures, je monte dans ma chambre. À peine entré, je donne deux tours de clef, et je pousse les verrous ; j'ai peur... de quoi ?... Je ne redoutais rien jusqu'ici... j'ouvre mes armoires, je regarde sous mon lit ; j'écoute... j'écoute... quoi ?... Est-ce étrange qu'un simple malaise, un trouble de la circulation peut-être, l'irritation d'un filet nerveux, un peu de congestion, une toute petite perturbation dans le fonctionnement si imparfait et si délicat de notre machine vivante, puisse faire un mélancolique du plus joyeux des hommes, et un poltron du plus brave ? Puis, je me couche, et j'attends le sommeil comme on attendrait le bourreau. Je l'attends avec l'épouvante de sa venue ; et mon cœur bat, et mes jambes frémissent ; et tout mon corps tressaille dans la chaleur des draps, jusqu'au moment où je tombe tout à coup dans le repos, comme on tomberait pour s'y noyer, dans un gouffre d'eau stagnante. Je ne le sens pas venir, comme autrefois, ce sommeil perfide, caché près de moi, qui me guette, qui va me saisir par la tête, me fermer les yeux, m'anéantir.

Je dors – longtemps – deux ou trois heures – puis un rêve – non – un cauchemar m'étreint. Je sens bien que je suis couché et que je dors... je le sens et je le sais... et je sens aussi que quelqu'un s'approche de moi, me regarde, me palpe, monte sur mon lit, s'agenouille sur ma poitrine, me prend le cou entre ses mains et serre... serre... de toute sa force pour m'étrangler.

Moi, je me débats, lié par cette impuissance atroce, qui nous paralyse dans les songes ; je veux crier, – je ne peux pas ; – je veux remuer, – je ne peux pas ; – j'essaie, avec des efforts affreux, en haletant, de me tourner, de rejeter cet être qui m'écrase et qui m'étouffe, – je ne peux pas !

Et soudain, je m'éveille, affolé, couvert de sueur. J'allume une bougie. Je suis seul.

Après cette crise, qui se renouvelle toutes les nuits, je dors enfin, avec calme, jusqu'à l'aurore.

2 juin. – Mon état s'est encore aggravé. Qu'ai-je donc ? Le bromure n'y fait rien ; les douches n'y font rien. Tantôt, pour fatiguer mon corps, si las pourtant, j'allai faire un tour dans la forêt de Roumare. Je crus d'abord que l'air frais, léger et doux, plein d'odeur d'herbes et de feuilles, me versait aux veines un sang nouveau, au cœur une énergie nouvelle. Je pris une grande avenue de chasse, puis je tournai vers La Bouille, par une allée étroite, entre deux armées d'arbres démesurément hauts qui mettaient un toit vert, épais, presque noir, entre le ciel et moi.

Un frisson me saisit soudain, non pas un frisson de froid, mais un étrange frisson d'angoisse.

Je hâtai le pas, inquiet d'être seul dans ce bois, apeuré sans raison, stupidement, par la profonde solitude. Tout à coup, il me sembla que j'étais suivi, qu'on marchait sur mes talons, tout près, à me toucher.

Je me retournai brusquement. J'étais seul. Je ne vis derrière moi que la droite et large allée, vide, haute, redoutablement vide ; et de l'autre côté elle s'étendait aussi à perte de vue, toute pareille, effrayante.

Je fermai les yeux. Pourquoi ? Et je me mis à tourner sur un talon, très vite, comme une toupie. Je faillis tomber ; je rouvris les yeux ; les arbres dansaient, la terre flottait ; je dus m'asseoir. Puis, ah ! je ne savais plus par où j'étais venu ! Bizarre idée ! Bizarre ! Bizarre idée ! Je ne savais plus du tout. Je partis par le côté qui se trouvait à ma droite, et je revins dans l'avenue qui m'avait amené au milieu de la forêt.

3 juin. – La nuit a été horrible. Je vais m'absenter pendant quelques semaines. Un petit voyage, sans doute, me remettra.

2 juillet. – Je rentre. Je suis guéri. J'ai fait d'ailleurs une excursion charmante. J'ai visité le mont Saint-Michel que je ne connaissais pas.

Quelle vision, quand on arrive, comme moi, à Avranches, vers la fin du jour ! La ville est sur une colline ; et on me conduisit dans le jardin public, au bout de la cité. Je poussai un cri d'étonnement. Une baie démesurée s'étendait devant moi, à perte de vue, entre deux côtes écartées se perdant au loin dans les brumes ; et au milieu de cette immense baie jaune, sous un ciel d'or et de clarté, s'élevait sombre et pointu un mont étrange, au milieu des sables. Le soleil venait de disparaître, et sur l'horizon encore flamboyant se dessinait le profil de ce fantastique rocher qui porte sur son sommet un fantastique monument.

Dès l'aurore, j'allai vers lui. La mer était basse, comme la veille au soir, et je regardais se dresser devant moi, à mesure que j'approchais d'elle, la surprenante abbaye. Après plusieurs heures de marche, j'atteignis l'énorme bloc de pierre qui porte la petite cité dominée par la grande église. Ayant gravi la rue étroite et rapide, j'entrai dans la plus admirable demeure gothique construite pour Dieu sur la terre, vaste comme une ville, pleine de salles basses écrasées sous des voûtes et de hautes galeries que soutiennent de frêles colonnes. J'entrai dans ce gigantesque bijou de granit, aussi léger qu'une dentelle, couvert de tours, de sveltes clochetons, où montent des escaliers tordus, et qui lancent dans le ciel bleu des jours, dans le ciel noir des nuits, leurs têtes bizarres hérissées de chimères, de diables, de bêtes fantastiques, de fleurs monstrueuses, et reliés l'un à l'autre par de fines arches ouvragées.

Quand je fus sur le sommet, je dis au moine qui m'accompagnait : « Mon Père, comme vous devez être bien ici ! »

Il répondit : « Il y a beaucoup de vent, monsieur » ; et nous nous mîmes à causer en regardant monter la mer, qui courait sur le sable et le couvrait d'une cuirasse d'acier.

Et le moine me conta des histoires, toutes les vieilles histoires de ce lieu, des légendes, toujours des légendes.

Une d'elles me frappa beaucoup. Les gens du pays, ceux du mont, prétendent qu'on entend parler la nuit dans les sables, puis qu'on entend bêler deux chèvres, l'une avec une voix forte, l'autre avec une voix faible. Les incrédules affirment que ce sont les cris des oiseaux de mer, qui ressemblent tantôt à des bêlements, et tantôt à des plaintes humaines ; mais les pêcheurs attardés jurent avoir rencontré, rôdant sur les dunes, entre deux marées, autour de la petite ville jetée ainsi loin du monde, un vieux berger, dont on ne voit jamais la tête couverte de son manteau, et qui conduit, en marchant devant eux, un bouc à figure d'homme et une chèvre à figure de femme, tous deux avec de longs cheveux blancs et parlant sans cesse, se querellant dans une langue inconnue, puis cessant soudain de crier pour bêler de toute leur force.

Je dis au moine : « Y croyez-vous ? »

Il murmura : « Je ne sais pas. »

Je repris : « S'il existait sur la terre d'autres êtres que nous, comment ne les connaîtrions-nous point depuis longtemps ; comment ne les auriez-vous pas vus, vous ? comment ne les aurais-je pas vus, moi ? »

Il répondit : « Est-ce que nous voyons la cent millième partie de ce qui existe ? Tenez, voici le vent, qui est la plus grande force de la nature, qui renverse les hommes, abat les édifices, déracine les arbres, soulève la mer en montagnes d'eau, détruit les falaises, et jette aux brisants les grands navires, le vent qui tue, qui siffle, qui gémit, qui mugit, – l'avez-vous vu, et pouvez-vous le voir ? Il existe, pourtant. »

Je me tus devant ce simple raisonnement. Cet homme était un sage ou peut-être un sot. Je ne l'aurais pu affirmer au juste ; mais je me tus. Ce qu'il disait là, je l'avais pensé souvent.

3 juillet. – J'ai mal dormi ; certes, il y a ici une influence fiévreuse, car mon cocher souffre du même mal que moi. En rentrant hier, j'avais remarqué sa pâleur singulière. Je lui demandai :

– Qu'est-ce que vous avez, Jean ?

– J'ai que je ne peux plus me reposer, monsieur, ce sont mes nuits qui mangent mes jours. Depuis le départ de monsieur, cela me tient comme un sort.

Les autres domestiques vont bien cependant, mais j'ai grand-peur d'être repris, moi.

4 juillet. – Décidément, je suis repris. Mes cauchemars anciens reviennent. Cette nuit, j'ai senti quelqu'un accroupi sur moi, et qui, sa bouche sur la mienne, buvait ma vie entre mes lèvres. Oui, il la puisait dans ma gorge, comme aurait fait une sangsue. Puis il s'est levé, repu, et moi je me suis réveillé, tellement meurtri, brisé, anéanti, que je ne pouvais plus remuer. Si cela continue encore quelques jours, je repartirai certainement.

5 juillet. – Ai-je perdu la raison ? Ce qui s'est passé, ce que j'ai vu la nuit dernière est tellement étrange, que ma tête s'égare quand j'y songe !

Comme je le fais maintenant chaque soir, j'avais fermé ma porte à clef ; puis, ayant soif, je bus un demi-verre d'eau, et je remarquai par hasard que ma carafe était pleine jusqu'au bouchon de cristal.

Je me couchai ensuite et je tombai dans un de mes sommeils épouvantables, dont je fus tiré au bout de deux heures environ par une secousse plus affreuse encore.

Figurez-vous un homme qui dort, qu'on assassine, et qui se réveille, avec un couteau dans le poumon, et qui râle, couvert de sang, et qui ne peut plus respirer, et qui va mourir, et qui ne comprend pas – voilà.

Ayant enfin reconquis ma raison, j'eus soif de nouveau ; j'allumai une bougie et j'allai vers la table où était posée ma carafe. Je la soulevai en la penchant sur mon verre ; rien ne coula. – Elle était vide ! Elle était vide complètement ! D'abord, je n'y compris rien ; puis, tout à coup, je ressentis une émotion si terrible, que je dus m'asseoir, ou plutôt, que je tombai sur une chaise ! puis, je me redressai d'un saut pour regarder autour de moi ! puis je me rassis, éperdu d'étonnement et de peur, devant le cristal transparent ! Je le contemplais avec des yeux fixes, cherchant à deviner. Mes mains tremblaient ! On avait donc bu cette eau ? Qui ? Moi ? moi, sans doute ? Ce ne pouvait être que moi ? Alors, j'étais somnambule, je vivais, sans le savoir, de cette double vie mystérieuse qui fait douter s'il y a deux êtres en nous, ou si un être étranger, inconnaissable et invisible, anime, par moments, quand notre âme est engourdie, notre corps captif qui obéit à cet autre, comme à nous-mêmes, plus qu'à nous-mêmes.

Ah ! qui comprendra mon angoisse abominable ? Qui comprendra l'émotion d'un homme, sain d'esprit, bien éveillé, plein de raison et qui regarde épouvanté, à travers le verre d'une carafe, un peu d'eau disparue pendant qu'il a dormi ! Et je restai là jusqu'au jour, sans oser regagner mon lit.

6 juillet. – Je deviens fou. On a encore bu toute ma carafe cette nuit ; – ou plutôt, je l'ai bue !

Mais, est-ce moi ? Est-ce moi ? Qui serait-ce ? Qui ? Oh ! mon Dieu ! Je deviens fou ! Qui me sauvera ?

10 juillet. – Je viens de faire des épreuves surprenantes.

Décidément, je suis fou ! Et pourtant !

Le 6 juillet, avant de me coucher, j'ai placé sur ma table du vin, du lait, de l'eau, du pain et des fraises.

On a bu – j'ai bu – toute l'eau, et un peu de lait. On n'a touché ni au vin, ni au pain, ni aux fraises.

Le 7 juillet, j'ai renouvelé la même épreuve, qui a donné le même résultat.

Le 8 juillet, j'ai supprimé l'eau et le lait. On n'a touché à rien.

Le 9 juillet enfin, j'ai remis sur ma table l'eau et le lait seulement, en ayant soin d'envelopper les carafes en des linges de mousseline blanche et de ficeler les bouchons. Puis, j'ai frotté mes lèvres, ma barbe, mes mains avec de la mine de plomb, et je me suis couché.

L'invincible sommeil m'a saisi, suivi bientôt de l'atroce réveil. Je n'avais point remué ; mes draps eux-mêmes ne portaient pas de taches. Je m'élançai vers ma table. Les linges enfermant les bouteilles étaient demeurés immaculés. Je déliai les cordons, en palpitant de crainte. On avait bu toute l'eau ! on avait bu tout le lait ! Ah ! mon Dieu !...

Je vais partir tout à l'heure pour Paris.

12 juillet. – Paris. J'avais donc perdu la tête les jours derniers ! J'ai dû être le jouet de mon imagination énervée, à moins que je ne sois vraiment somnambule, ou que j'aie subi une de ces influences constatées, mais inexplicables jusqu'ici, qu'on appelle suggestions. En tout cas, mon affolement touchait à la démence, et vingt-quatre heures de Paris ont suffi pour me remettre d'aplomb.

Hier, après des courses et des visites, qui m'ont fait passer dans l'âme de l'air nouveau et vivifiant, j'ai fini ma soirée au Théâtre-Français. On y jouait une pièce d'Alexandre Dumas fils ; et cet esprit alerte et puissant a achevé de me guérir. Certes, la solitude est dangereuse pour les intelligences qui travaillent. Il nous faut, autour de nous, des hommes qui pensent et qui parlent. Quand nous sommes seuls longtemps, nous peuplons le vide de fantômes.

Je suis rentré à l'hôtel très gai, par les boulevards. Au coudoiement de la foule, je songeais, non sans ironie, à mes terreurs, à mes suppositions de l'autre semaine, car j'ai cru, oui, j'ai cru qu'un être invisible habitait sous mon toit. Comme notre tête est faible et s'effare, et s'égare vite, dès qu'un petit fait incompréhensible nous frappe !

Au lieu de conclure par ces simples mots : « Je ne comprends pas parce que la cause m'échappe », nous imaginons aussitôt des mystères effrayants et des puissances surnaturelles.

14 juillet. – Fête de la République. Je me suis promené par les rues. Les pétards et les drapeaux m'amusaient comme un enfant. C'est pourtant fort bête d'être joyeux, à date fixe, par décret du gouvernement. Le peuple est un troupeau imbécile, tantôt stupidement patient et tantôt férocement révolté. On lui dit : « Amuse-toi. » Il s'amuse. On lui dit : « Va te battre avec le voisin. » Il va se battre. On lui dit : « Vote pour l'Empereur. » Il vote pour l'Empereur. Puis, on lui dit : « Vote pour la République. » Et il vote pour la République.

Ceux qui le dirigent sont aussi sots ; mais au lieu d'obéir à des hommes, ils obéissent à des principes, lesquels ne peuvent être que niais, stériles et faux, par cela même qu'ils sont des principes, c'est-à-dire des idées réputées certaines et immuables, en ce monde où l'on n'est sûr de rien, puisque la lumière est une illusion, puisque le bruit est une illusion.

16 juillet. – J'ai vu hier des choses qui m'ont beaucoup troublé.

Je dînais chez ma cousine, Mme Sablé, dont le mari commande le 76ᵉ chasseurs à Limoges. Je me trouvais chez elle avec deux jeunes femmes, dont l'une a épousé un médecin, le docteur Parent, qui s'occupe beaucoup des maladies nerveuses et des manifestations extraordinaires auxquelles donnent lieu en ce moment les expériences sur l'hypnotisme et la suggestion.

Il nous raconta longtemps les résultats prodigieux obtenus par des savants anglais et par les médecins de l'école de Nancy.

Les faits qu'il avança me parurent tellement bizarres, que je me déclarai tout à fait incrédule.

« Nous sommes, affirmait-il, sur le point de découvrir un des plus importants secrets de la nature, je veux dire, un de ses plus importants secrets sur cette terre ; car elle en a certes d'autrement importants, là-bas, dans les étoiles. Depuis que l'homme pense, depuis qu'il sait dire et écrire sa pensée, il se sent frôlé par un mystère impénétrable pour ses sens grossiers et imparfaits, et il tâche de suppléer, par l'effort de son intelligence, à l'impuissance de ses organes. Quand cette intelligence demeurait encore à l'état rudimentaire, cette hantise des phénomènes invisibles a pris des formes banalement effrayantes. De là sont nées les croyances populaires au surnaturel, les légendes des esprits rôdeurs, des fées, des gnomes, des revenants, je dirai même la légende de Dieu, car nos conceptions de l'ouvriercréateur, de quelque religion qu'elles nous viennent, sont bien les inventions les plus médiocres, les plus stupides, les plus inacceptables sorties du cerveau apeuré des créatures. Rien de plus vrai que cette parole de Voltaire : « Dieu a fait l'homme à son image, mais l'homme le lui a bien rendu. »

« Mais, depuis un peu plus d'un siècle, on semble pressentir quelque chose de nouveau. Mesmer et quelques autres nous ont mis sur une voie inattendue, et nous sommes arrivés vraiment, depuis quatre ou cinq ans surtout, à des résultats surprenants. »

Ma cousine, très incrédule aussi, souriait. Le docteur Parent lui dit : – Voulez-vous que j'essaie de vous endormir, madame ?

– Oui, je veux bien.

Elle s'assit dans un fauteuil et il commença à la regarder fixement en la fascinant. Moi, je me sentis soudain un peu troublé, le cœur battant, la gorge serrée. Je voyais les yeux de Mme Sablé s'alourdir, sa bouche se crisper, sa poitrine haleter.

Au bout de dix minutes, elle dormait.

– Mettez-vous derrière elle, dit le médecin.

Et je m'assis derrière elle. Il lui plaça entre les mains une carte de visite en lui disant : « Ceci est un miroir ; que voyez-vous dedans ? »

Elle répondit :

– Je vois mon cousin.

– Que fait-il ?

– Il se tord la moustache.

– Et maintenant ?

– Il tire de sa poche une photographie.

– Quelle est cette photographie ?

– La sienne.

C'était vrai ! Et cette photographie venait de m'être livrée, le soir même, à l'hôtel.

– Comment est-il sur ce portrait ?

– Il se tient debout avec son chapeau à la main.

Donc elle voyait dans cette carte, dans ce carton blanc, comme elle eût vu dans une glace.

Les jeunes femmes, épouvantées, disaient : « Assez ! Assez ! Assez ! »

Mais le docteur ordonna : « Vous vous lèverez demain à huit heures ; puis vous irez trouver à son hôtel votre cousin, et vous le supplierez de vous prêter cinq mille francs que votre mari vous demande et qu'il vous réclamera à son prochain voyage. »

Puis il la réveilla.

En rentrant à l'hôtel, je songeai à cette curieuse séance et des doutes m'assaillirent, non point sur l'absolue, sur l'insoupçonnable bonne foi de ma cousine, que je connaissais comme une sœur, depuis l'enfance, mais sur une supercherie possible du docteur. Ne dissimulait-il pas dans sa main une glace qu'il montrait à la jeune femme endormie, en même temps que sa carte de visite ? Les prestidigitateurs de profession font des choses autrement singulières.

Je rentrai donc et je me couchai.

Or, ce matin, vers huit heures et demie, je fus réveillé par mon valet de chambre, qui me dit :

– C'est Mme Sablé qui demande à parler à monsieur tout de suite.

Je m'habillai à la hâte et je la reçus.

Elle s'assit fort troublée, les yeux baissés, et, sans lever son voile, elle me dit :

– Mon cher cousin, j'ai un gros service à vous demander.

– Lequel, ma cousine ?

– Cela me gêne beaucoup de vous le dire, et pourtant, il le faut. J'ai besoin, absolument besoin, de cinq mille francs.

– Allons donc, vous ?

– Oui, moi, ou plutôt mon mari, qui me charge de les trouver.

J'étais tellement stupéfait, que je balbutiais mes réponses. Je me demandais si vraiment elle ne s'était pas moquée de moi avec le docteur Parent, si ce n'était pas là une simple farce préparée d'avance et fort bien jouée.

Mais, en la regardant avec attention, tous mes doutes se dissipèrent. Elle tremblait d'angoisse, tant cette démarche lui était douloureuse, et je compris qu'elle avait la gorge pleine de sanglots.

Je la savais fort riche et je repris :

– Comment ! votre mari n'a pas cinq mille francs à sa disposition ! Voyons, réfléchissez. Êtes-vous sûre qu'il vous a chargée de me les demander ?

Elle hésita quelques secondes comme si elle eût fait un grand effort pour chercher dans son souvenir, puis elle répondit :

– Oui..., oui... j'en suis sûre.

– Il vous a écrit ?

Elle hésita encore, réfléchissant. Je devinai le travail torturant de sa pensée. Elle ne savait pas. Elle savait seulement qu'elle devait m'emprunter cinq mille francs pour son mari. Donc elle osa mentir.

– Oui, il m'a écrit.

– Quand donc ? Vous ne m'avez parlé de rien, hier.

– J'ai reçu sa lettre ce matin.

– Pouvez-vous me la montrer ?

– Non... non... non... elle contenait des choses intimes... trop personnelles... je l'ai... je l'ai brûlée.

– Alors, c'est que votre mari fait des dettes.

Elle hésita encore, puis murmura :

– Je ne sais pas.

Je déclarai brusquement :

– C'est que je ne puis disposer de cinq mille francs en ce moment, ma chère cousine.

Elle poussa une sorte de cri de souffrance.

– Oh ! oh ! je vous en prie, je vous en prie, trouvez-les...

Elle s'exaltait, joignait les mains comme si elle m'eût prié ! J'entendais sa voix changer de ton ; elle pleurait et bégayait, harcelée, dominée par l'ordre irrésistible qu'elle avait reçu.

– Oh ! oh ! je vous en supplie... si vous saviez comme je souffre... il me les faut aujourd'hui.

J'eus pitié d'elle.

– Vous les aurez tantôt, je vous le jure.

Elle s'écria :

– Oh ! merci ! merci ! Que vous êtes bon.

Je repris : – Vous rappelez-vous ce qui s'est passé hier chez vous ?

– Oui.

– Vous rappelez-vous que le docteur Parent vous a endormie ?

– Oui.

– Eh ! bien, il vous a ordonné de venir m'emprunter ce matin cinq mille francs, et vous obéissez en ce moment à cette suggestion.

Elle réfléchit quelques secondes et répondit :

— Puisque c'est mon mari qui les demande.

Pendant une heure, j'essayai de la convaincre, mais je n'y pus parvenir.

Quand elle fut partie, je courus chez le docteur. Il allait sortir ; et il m'écouta en souriant. Puis il dit :

— Croyez-vous maintenant ?

— Oui, il le faut bien.

— Allons chez votre parente.

Elle sommeillait déjà sur une chaise longue, accablée de fatigue. Le médecin lui prit le pouls, la regarda quelque temps, une main levée vers ses yeux qu'elle ferma peu à peu sous l'effort insoutenable de cette puissance magnétique.

Quand elle fut endormie :

— Votre mari n'a plus besoin de cinq mille francs ! Vous allez donc oublier que vous avez prié votre cousin de vous les prêter, et, s'il vous parle de cela, vous ne comprendrez pas.

Puis il la réveilla. Je tirai de ma poche un portefeuille :

— Voici, ma chère cousine, ce que vous m'avez demandé ce matin.

Elle fut tellement surprise que je n'osai pas insister. J'essayai cependant de ranimer sa mémoire, mais elle nia avec force, crut que je me moquais d'elle, et faillit, à la fin, se fâcher.

....

Voilà ! je viens de rentrer ; et je n'ai pu déjeuner, tant cette expérience m'a bouleversé.

19 juillet. – Beaucoup de personnes à qui j'ai raconté cette aventure se sont moquées de moi. Je ne sais plus que penser. Le sage dit : Peut-être ?

21 juillet. – J'ai été dîner à Bougival, puis j'ai passé la soirée au bal des canotiers. Décidément, tout dépend des lieux et des milieux. Croire au surnaturel dans l'île de la Grenouillère, serait le comble de la folie... mais au sommet du mont Saint-Michel ?... mais dans les Indes ? Nous subissons effroyablement l'influence de ce qui nous entoure. Je rentrerai chez moi la semaine prochaine.

30 juillet. – Je suis revenu dans ma maison depuis hier. Tout va bien.

2 août. – Rien de nouveau ; il fait un temps superbe. Je passe mes journées à regarder couler la Seine.

4 août. – Querelles parmi mes domestiques. Ils prétendent qu'on casse les verres, la nuit, dans les armoires. Le valet de chambre accuse la cuisinière, qui accuse la lingère, qui accuse les deux autres. Quel est le coupable ? Bien fin qui le dirait !

6 août. – Cette fois, je ne suis pas fou. J'ai vu... j'ai vu... j'ai vu !... Je ne puis plus douter... j'ai vu !... J'ai encore froid jusque dans les ongles... j'ai encore peur jusque dans les moelles... j'ai vu !...

Je me promenais à deux heures, en plein soleil, dans mon parterre de rosiers... dans l'allée des rosiers d'automne qui commencent à fleurir.

Comme je m'arrêtais à regarder un *géant des batailles*, qui portait trois fleurs magnifiques, je vis, je vis distinctement, tout près de moi, la tige d'une de ces roses se plier, comme si une main invisible l'eût tordue, puis se casser, comme si cette main l'eût cueillie ! Puis la fleur s'éleva, suivant une courbe qu'aurait décrite un bras en la portant vers une bouche, et elle resta suspendue dans l'air transparent, toute seule, immobile, effrayante tache rouge à trois pas de mes yeux.

Éperdu, je me jetai sur elle pour la saisir ! Je ne trouvai rien ; elle avait disparu. Alors je fus pris d'une colère furieuse contre moi-même ; car il n'est pas permis à un homme raisonnable et sérieux d'avoir de pareilles hallucinations.

Mais était-ce bien une hallucination ? Je me retournai pour chercher la tige, et je la retrouvai immédiatement sur l'arbuste, fraîchement brisée entre les deux autres roses demeurées à la branche.

Alors, je rentrai chez moi l'âme bouleversée ; car je suis certain, maintenant, certain comme de l'alternance des jours et des nuits, qu'il existe près de moi un être invisible, qui se nourrit de lait et d'eau, qui peut toucher aux choses, les prendre et les changer de place, doué par conséquent d'une nature matérielle, bien qu'imperceptible pour nos sens, et qui habite comme moi, sous mon toit...

7 août. – J'ai dormi tranquille. Il a bu l'eau de ma carafe, mais n'a point troublé mon sommeil.

Je me demande si je suis fou. En me promenant, tantôt au grand soleil, le long de la rivière, des doutes me sont venus sur ma raison, non point des doutes vagues comme j'en avais jusqu'ici, mais des doutes précis, absolus. J'ai vu des fous ; j'en ai connu qui restaient intelligents, lucides, clairvoyants même sur toutes les choses de la vie, sauf sur un point. Ils parlaient de tout avec clarté, avec souplesse, avec profondeur, et soudain leur pensée touchant l'écueil de leur folie, s'y déchirait en pièces, s'éparpillait et sombrait dans cet océan effrayant et furieux, plein de vagues bondissantes, de brouillards, de bourrasques, qu'on nomme « la démence ».

Certes, je me croirais fou, absolument fou, si je n'étais conscient, si je ne connaissais parfaitement mon état, si je ne le sondais en l'analysant avec une complète lucidité. Je ne serais donc, en somme, qu'un halluciné raisonnant. Un trouble inconnu se serait produit dans mon cerveau, un de ces troubles qu'essaient de noter et de préciser aujourd'hui les physiologistes ; et ce trouble aurait déterminé dans mon esprit, dans l'ordre et la logique de mes idées, une crevasse profonde. Des phénomènes semblables ont lieu dans le rêve qui nous promène à travers les fantasmagories les plus invraisemblables, sans que nous en soyons surpris, parce que l'appareil vérificateur, parce que le sens du contrôle est endormi ; tandis que la faculté imaginative veille et travaille. Ne se peut-il pas qu'une des imperceptibles touches du clavier cérébral se trouve paralysée chez moi ? Des hommes, à la suite d'accidents, perdent la mémoire des noms propres ou des verbes ou des chiffres, ou seulement des dates. Les localisations de toutes les parcelles de la pensée sont aujourd'hui prouvées. Or, quoi d'étonnant à ce que ma faculté de contrôler l'irréalité de certaines hallucinations, se trouve engourdie chez moi en ce moment !

Je songeais à tout cela en suivant le bord de l'eau. Le soleil couvrait de clarté la rivière, faisait la terre délicieuse, emplissait mon regard d'amour pour la vie, pour les hirondelles, dont l'agilité est une joie de mes yeux, pour les herbes de la rive dont le frémissement est un bonheur de mes oreilles.

Peu à peu, cependant, un malaise inexplicable me pénétrait. Une force, me semblait-il, une force occulte m'engourdissait, m'arrêtait, m'empêchait d'aller plus loin, me rappelait en arrière. J'éprouvais ce besoin douloureux de rentrer qui vous oppresse, quand on a laissé au logis un malade aimé, et que le pressentiment vous saisit d'une aggravation de son mal.

Donc, je revins malgré moi, sûr que j'allais trouver, dans ma maison, une mauvaise nouvelle, une lettre ou une dépêche. Il n'y avait rien ; et je demeurai plus surpris et plus inquiet que si j'avais eu de nouveau quelque vision fantastique.

8 août. – J'ai passé hier une affreuse soirée. Il ne se manifeste plus, mais je le sens près de moi, m'épiant, me regardant, me pénétrant, me dominant et plus redoutable, en se cachant ainsi, que s'il signalait par des phénomènes surnaturels sa présence invisible et constante.

J'ai dormi, pourtant.

9 août. – Rien, mais j'ai peur.

10 août. – Rien ; qu'arrivera-t-il demain ?

11 août. – Toujours rien ; je ne puis plus rester chez moi avec cette crainte et cette pensée entrées en mon âme ; je vais partir.

12 août, 10 heures du soir. – Tout le jour j'ai voulu m'en aller ; je n'ai pas pu. J'ai voulu accomplir cet acte de liberté si facile, si simple, – sortir – monter dans ma voiture pour gagner Rouen – je n'ai pas pu. Pourquoi ?

13 août. – Quand on est atteint par certaines maladies, tous les ressorts de l'être physique semblent brisés, toutes les énergies anéanties, tous les muscles relâchés, les os devenus mous comme la chair et la chair liquide comme de l'eau. J'éprouve cela dans mon être moral d'une façon étrange et désolante. Je n'ai plus aucune force, aucun courage, aucune domination sur moi, aucun pouvoir même de mettre en mouvement ma volonté. Je ne peux plus vouloir ; mais quelqu'un veut pour moi ; et j'obéis.

14 août. – Je suis perdu ! Quelqu'un possède mon âme et la gouverne ! quelqu'un ordonne tous mes actes, tous mes mouvements, toutes mes pensées. Je ne suis plus rien en moi, rien qu'un spectateur esclave et terrifié de toutes les choses que j'accomplis. Je désire sortir. Je ne peux pas. Il ne veut pas ; et je reste, éperdu, tremblant, dans le fauteuil où il me tient assis. Je désire seulement me lever, me soulever, afin de me croire maître de moi. Je ne peux pas ! Je suis rivé à mon siège et mon siège adhère au sol, de telle sorte qu'aucune force ne nous soulèverait.

Puis, tout d'un coup, il faut, il faut, il faut que j'aille au fond de mon jardin cueillir des fraises et les manger. Et j'y vais. Je cueille des fraises et je les mange ! Oh ! mon Dieu ! Mon Dieu ! Mon Dieu ! Est-il un Dieu ? S'il en est un, délivrez-moi, sauvez-moi ! secourez-moi ! Pardon ! Pitié ! Grâce ! Sauvez-moi ! Oh ! quelle souffrance ! quelle torture ! quelle horreur !

15 août. – Certes, voilà comment était possédée et dominée ma pauvre cousine, quand elle est venue m'emprunter cinq mille francs. Elle subissait un vouloir étranger entré en elle, comme une autre âme, comme une autre âme parasite et dominatrice. Est-ce que le monde va finir ?

Mais celui qui me gouverne, quel est-il, cet invisible ? cet inconnaissable, ce rôdeur d'une race surnaturelle ?

Donc les Invisibles existent ! Alors, comment depuis l'origine du monde ne se sont-ils pas encore manifestés d'une façon précise comme ils le font pour moi ? Je n'ai jamais rien lu qui ressemble à ce qui s'est passé dans ma demeure. Oh ! si je pouvais la quitter, si je pouvais m'en aller, fuir et ne pas revenir. Je serais sauvé, mais je ne peux pas.

16 août. – J'ai pu m'échapper aujourd'hui pendant deux heures, comme un prisonnier qui trouve ouverte, par hasard, la porte de son cachot. J'ai senti que j'étais libre tout à coup et qu'il était loin. J'ai ordonné d'atteler bien vite et j'ai gagné Rouen. Oh ! quelle joie de pouvoir dire à un homme qui obéit : « Allez à Rouen ! »

Je me suis fait arrêter devant la bibliothèque et j'ai prié qu'on me prêtât le grand traité du docteur Hermann Herestauss sur les habitants inconnus du monde antique et moderne.

Puis, au moment de remonter dans mon coupé, j'ai voulu dire : « À la gare ! » et j'ai crié, – je n'ai pas dit, j'ai crié – d'une voix si forte que les passants se sont retournés : « À la maison », et je suis tombé, affolé d'angoisse, sur le coussin de ma voiture. Il m'avait retrouvé et repris.

17 août. – Ah ! Quelle nuit ! quelle nuit ! Et pourtant il me semble que je devrais me réjouir. Jusqu'à une heure du matin, j'ai lu ! Hermann Herestauss, docteur en philosophie et en théogonie, a écrit l'histoire et les manifestations de tous les êtres invisibles rôdant autour de l'homme ou rêvés par lui. Il décrit leurs origines, leur domaine, leur puissance. Mais aucun d'eux ne ressemble à celui qui me hante. On dirait que l'homme, depuis qu'il pense, a pressenti et redouté un être nouveau, plus fort que lui, son successeur en ce monde, et que, le sentant proche et ne pouvant prévoir la nature de ce maître, il a créé, dans sa terreur, tout le peuple fantastique des êtres occultes, fantôme vagues nés de la peur.

Donc, ayant lu jusqu'à une heure du matin, j'ai été m'asseoir ensuite auprès de ma fenêtre ouverte pour rafraîchir mon front et ma pensée au vent calme de l'obscurité.

Il faisait bon, il faisait tiède ! Comme j'aurais aimé cette nuit-là autrefois !

Pas de lune. Les étoiles avaient au fond du ciel noir des scintillements frémissants. Qui habite ces mondes ? Quelles formes, quels vivants, quels animaux, quelles plantes sont là-bas ? Ceux qui pensent dans ces univers lointains, que savent-ils plus que nous ? Que peuvent-ils plus que nous ? Que voient-ils que nous ne connaissons point ? Un d'eux, un jour ou l'autre, traversant l'espace, n'apparaîtra-t-il pas sur notre terre pour la conquérir, comme les Normands jadis traversaient la mer pour asservir des peuples plus faibles ?

Nous sommes si infirmes, si désarmés, si ignorants, si petits, nous autres, sur ce grain de boue qui tourne délayé dans une goutte d'eau.

Je m'assoupis en rêvant ainsi au vent frais du soir.

Or, ayant dormi environ quarante minutes, je rouvris les yeux sans faire un mouvement, réveillé par je ne sais quelle émotion confuse et bizarre. Je ne vis rien d'abord, puis, tout à coup, il me sembla qu'une page du livre resté ouvert sur ma table venait de tourner toute seule. Aucun souffle d'air n'était entré par ma fenêtre. Je fus surpris et j'attendis. Au bout de quatre minutes environ, je vis, je vis, oui, je vis de mes yeux une autre page se soulever et se rabattre sur la précédente, comme si un doigt l'eût feuilletée. Mon fauteuil était vide, semblait vide ; mais je compris qu'il était là, lui, assis à ma place, et qu'il lisait. D'un bond furieux, d'un bond de bête révoltée, qui va éventrer son dompteur, je traversai ma chambre pour le saisir, pour l'étreindre, pour le tuer !... Mais mon siège, avant que je l'eusse atteint, se renversa comme si on eût fui devant moi... ma table oscilla, ma lampe tomba et s'éteignit, et ma fenêtre se ferma comme si un malfaiteur surpris se fût élancé dans la nuit, en prenant à pleines mains les battants.

Donc, il s'était sauvé ; il avait eu peur, peur de moi, lui !

Alors... alors... demain... ou après... ou un jour quelconque, je pourrai donc le tenir sous mes poings, et l'écraser contre le sol ! Est-ce que les chiens, quelquefois, ne mordent point et n'étranglent pas leurs maîtres ?

18 août. – J'ai songé toute la journée. Oh ! oui je vais lui obéir, suivre ses impulsions, accomplir toutes ses volontés, me faire humble, soumis, lâche. Il est le plus fort. Mais une heure viendra...

19 août. – Je sais... je sais... je sais tout ! Je viens de lire ceci dans la *Revue du Monde scientifique* : « Une nouvelle assez curieuse nous arrive de Rio de Janeiro. Une folie, une épidémie de folie, comparable aux démences contagieuses qui atteignirent les peuples d'Europe au moyen âge, sévit en ce moment dans la province de San-Paulo. Les habitants éperdus quittent leurs maisons, désertent leurs villages, abandonnent leurs cultures, se disant poursuivis, possédés, gouvernés comme un bétail humain par des êtres invisibles bien que tangibles, des sortes de vampires qui se nourrissent de leur vie, pendant leur sommeil, et qui boivent en outre de l'eau et du lait sans paraître toucher à aucun autre aliment.

« M. le professeur Don Pedro Henriquez, accompagné de plusieurs savants médecins, est parti pour la province de San-Paulo afin d'étudier sur place les origines et les manifestations de cette surprenante folie, et de proposer à l'Empereur les mesures qui lui paraîtront le plus propres à rappeler à la raison ces populations en délire. »

Ah ! Ah ! je me rappelle, je me rappelle le beau trois-mâts brésilien qui passa sous mes fenêtres en remontant la Seine, le 8 mai dernier ! Je le trouvais si joli, si blanc, si gai ! L'Être était dessus, venant de là-bas, où sa race est née ! Et il m'a vu ! Il a vu ma demeure blanche aussi ; et il a sauté du navire sur la rive. Oh ! mon Dieu !

À présent, je sais, je devine. Le règne de l'homme est fini.

Il est venu, Celui que redoutaient les premières terreurs des peuples naïfs, Celui qu'exorcisaient les prêtres inquiets, que les sorciers évoquaient par les nuits sombres, sans le voir apparaître encore, à qui les pressentiments des maîtres passagers du monde prêtèrent toutes les formes monstrueuses ou gracieuses des gnomes, des esprits, des génies, des fées, des farfadets. Après les grossières conceptions de l'épouvante primitive, des hommes plus perspicaces l'ont pressenti plus clairement. Mesmer l'avait deviné, et les médecins, depuis dix ans déjà, ont découvert, d'une façon précise, la nature de sa puissance avant qu'il l'eût exercée lui-même. Ils ont joué avec cette arme du Seigneur nouveau, la domination d'un mystérieux vouloir sur l'âme humaine devenue esclave. Ils ont appelé cela magnétisme, hypnotisme, suggestion... que sais-je ? Je les ai vus s'amuser comme des enfants imprudents avec cette horrible puissance ! Malheur à nous ! Malheur à l'homme ! Il est venu, le... le... comment se nomme-t-il... le... il me semble qu'il me crie son nom, et je ne l'entends pas... le... oui... il le crie... J'écoute... je ne peux pas... répète... le... Horla... J'ai entendu... le Horla... c'est lui... le Horla... il est venu !...

Ah ! le vautour a mangé la colombe ; le loup a mangé le mouton ; le lion a dévoré le buffle aux cornes aiguës ; l'homme a tué le lion avec la flèche, avec le glaive, avec la poudre ; mais le Horla va faire de l'homme ce que nous avons fait du cheval et du bœuf : sa chose, son serviteur et sa nourriture, par la seule puissance de sa volonté. Malheur à nous !

Pourtant, l'animal, quelquefois, se révolte et tue celui qui l'a dompté... moi aussi je veux... je pourrai... mais il faut le connaître, le toucher, le voir ! Les savants disent que l'œil de la bête, différent du nôtre, ne distingue point comme le nôtre... Et mon œil à moi ne peut distinguer le nouveau venu qui m'opprime.

Pourquoi ? Oh ! je me rappelle à présent les paroles du moine du mont Saint-Michel : « Est-ce que nous voyons la cent millième partie de ce qui existe ? Tenez, voici le vent qui est la plus grande force de la nature, qui renverse les hommes, abat les édifices, déracine les arbres, soulève la mer en montagnes d'eau, détruit les falaises et jette aux brisants les grands navires, le vent qui tue, qui siffle, qui gémit, qui mugit, l'avez-vous vu et pouvez-vous le voir : il existe pourtant ! »

Et je songeais encore : mon œil est si faible, si imparfait, qu'il ne distingue même point les corps durs, s'ils sont transparents comme le verre !... Qu'une glace sans tain barre mon chemin, il me jette dessus comme l'oiseau entré dans une chambre se casse la tête aux vitres. Mille choses en outre le trompent et l'égarent ? Quoi d'étonnant, alors, à ce qu'il ne sache point apercevoir un corps nouveau que la lumière traverse.

Un être nouveau ! pourquoi pas ? Il devait venir assurément ! pourquoi serions-nous les derniers ! Nous ne le distinguons point, ainsi que tous les autres créés avant nous ? C'est que sa nature est plus parfaite, son corps plus fin et plus fini que le nôtre, que le nôtre si faible, si maladroitement conçu, encombré d'organes toujours fatigués, toujours forcés comme des ressorts trop complexes, que le nôtre, qui vit comme une plante et comme une bête, en se nourrissant péniblement d'air, d'herbe et de viande, machine animale en proie aux maladies, aux déformations, aux putréfactions, poussive, mal réglée, naïve et bizarre, ingénieusement mal faite, œuvre grossière et délicate, ébauche d'être qui pourrait devenir intelligent et superbe.

Nous sommes quelques-uns, si peu sur ce monde, depuis l'huître jusqu'à l'homme. Pourquoi pas un de plus, une fois accomplie la période qui sépare les apparitions successives de toutes les espèces diverses ?

Pourquoi pas un de plus ? Pourquoi pas aussi d'autres arbres aux fleurs immenses, éclatantes et parfumant des régions entières ? Pourquoi pas d'autres éléments que le feu, l'air, la terre et l'eau ? – Ils sont quatre, rien que quatre, ces pères nourriciers des êtres ! Quelle pitié ! Pourquoi ne sont-ils pas quarante, quatre cents, quatre mille ! Comme tout est pauvre, mesquin, misérable ! avarement donné, sèchement inventé, lourdement fait ! Ah ! l'éléphant, l'hippopotame, que de grâce ! le chameau, que d'élégance !

Mais direz-vous, le papillon ! une fleur qui vole ! J'en rêve un qui serait grand comme cent univers, avec des ailes dont je ne puis même exprimer la forme, la beauté, la couleur et le mouvement. Mais je le vois... il va d'étoile en étoile, les rafraîchissant et les embaumant au souffle harmonieux et léger de sa course !... Et les peuples de là-haut le regardent passer, extasiés et ravis !

....

Qu'ai-je donc ? C'est lui, lui, le Horla, qui me hante, qui me fait penser ces folies ! Il est en moi, il devient mon âme ; je le tuerai !

19 août. – Je le tuerai. Je l'ai vu ! je me suis assis hier soir, à ma table ; et je fis semblant d'écrire avec une grande attention. Je savais bien qu'il viendrait rôder autour de moi, tout près, si près que je pourrais peut-être le toucher, le saisir ! Et alors !... alors, j'aurais la force des désespérés ; j'aurais mes mains, mes genoux, ma poitrine, mon front, mes dents pour l'étrangler, l'écraser, le mordre, le déchirer.

Et je le guettais avec tous mes organes surexcités.

J'avais allumé mes deux lampes et les huit bougies de ma cheminée, comme si j'eusse pu, dans cette clarté, le découvrir.

En face de moi, mon lit, un vieux lit de chêne à colonnes ; à droite, ma cheminée ; à gauche, ma porte fermée avec soin, après l'avoir laissée longtemps ouverte, afin de l'attirer ; derrière moi, une très haute armoire à glace, qui me servait chaque jour pour me raser, pour m'habiller, et où j'avais coutume de me regarder, de la tête aux pieds, chaque fois que je passais devant.

Donc, je faisais semblant d'écrire, pour le tromper, car il m'épiait lui aussi ; et soudain, je sentis, je fus certain qu'il lisait par-dessus mon épaule, qu'il était là, frôlant mon oreille.

Je me dressai, les mains tendues, en me tournant si vite que je faillis tomber. Eh bien ?... on y voyait comme en plein jour, et je ne me vis pas dans ma glace !... Elle était vide, claire, profonde, pleine de lumière ! Mon image n'était pas dedans... et j'étais en face, moi ! Je voyais le grand verre limpide du haut en bas. Et je regardais cela avec des yeux affolés ; et je n'osais plus avancer, je n'osais plus faire un mouvement, sentant bien pourtant qu'il était là, mais qu'il m'échapperait encore, lui dont le corps imperceptible avait dévoré mon reflet.

Comme j'eus peur ! Puis voilà que tout à coup je commençai à m'apercevoir dans une brume, au fond du miroir, dans une brume comme à travers une nappe d'eau ; et il me semblait que cette eau glissait de gauche à droite, lentement, rendant plus précise mon image, de seconde en seconde. C'était comme la fin d'une éclipse. Ce qui me cachait ne paraissait point posséder de contours nettement arrêtés, mais une sorte de transparence opaque, s'éclaircissant peu à peu.

Je pus enfin me distinguer complètement, ainsi que je le fais chaque jour en me regardant.

Je l'avais vu ! L'épouvante m'en est restée, qui me fait encore frissonner.

20 août. – Le tuer, comment ? puisque je ne peux l'atteindre ? Le poison ? mais il me verrait le mêler à l'eau ; et nos poisons, d'ailleurs, auraient-ils un effet sur son corps imperceptible ? Non... non... sans aucun doute... Alors ?... alors ?...

21 août. – J'ai fait venir un serrurier de Rouen et lui ai commandé pour ma chambre des persiennes de fer, comme en ont, à Paris, certains hôtels particuliers, au rez-de-chaussée, par crainte des voleurs. Il me fera, en outre, une porte pareille. Je me suis donné pour un poltron, mais je m'en moque !...

....

10 septembre. – Rouen, hôtel Continental. C'est fait... c'est fait... mais est-il mort ? J'ai l'âme bouleversée de ce que j'ai vu.

Hier donc, le serrurier ayant posé ma persienne et ma porte de fer, j'ai laissé tout ouvert jusqu'à minuit, bien qu'il commençât à faire froid.

Tout à coup, j'ai senti qu'il était là, et une joie, une joie folle m'a saisi. Je me suis levé lentement, et j'ai marché à droite, à gauche, longtemps pour qu'il ne devinât rien ; puis j'ai ôté mes bottines et mis mes savates avec négligence ; puis j'ai fermé ma persienne de fer, et revenant à pas tranquilles vers la porte, j'ai fermé la porte aussi à double tour. Retournant alors vers la fenêtre, je la fixai par un cadenas, dont je mis la clef dans ma poche.

Tout à coup, je compris qu'il s'agitait autour de moi, qu'il avait peur à son tour, qu'il m'ordonnait de lui ouvrir. Je faillis céder ; je ne cédai pas, mais m'adossant à la porte, je l'entrebâillai, tout juste assez pour passer, moi, à reculons ; et comme je suis très grand ma tête touchait au linteau. J'étais sûr qu'il n'avait pu s'échapper et je l'enfermai, tout seul, tout seul. Quelle joie ! Je le tenais ! Alors, je descendis, en courant ; je pris dans mon salon, sous ma chambre, mes deux lampes et je renversai toute l'huile sur le tapis, sur les meubles, partout ; puis j'y mis le feu, et je me sauvai, après avoir bien refermé, à double tour, la grande porte d'entrée.

Et j'allai me cacher au fond de mon jardin, dans un massif de lauriers. Comme ce fut long ! comme ce fut long ! Tout était noir, muet, immobile ; pas un souffle d'air, pas une étoile, des montagnes de nuages qu'on ne voyait point, mais qui pesaient sur mon âme si lourds, si lourds.

Je regardais ma maison, et j'attendais. Comme ce fut long ! Je croyais déjà que le feu s'était éteint tout seul, ou qu'il l'avait éteint, Lui, quand une des fenêtres d'en bas creva sous la poussée de l'incendie, et une flamme, une grande flamme rouge et jaune, longue, molle, caressante, monta le long du mur blanc et le baisa jusqu'au toit. Une lueur courut dans les arbres, dans les branches, dans les feuilles, et un frisson, un frisson de peur aussi. Les oiseaux se réveillaient ; un chien se mit à hurler ; il me sembla que le jour se levait ! Deux autres fenêtres éclatèrent aussitôt, et je vis que tout le bas de ma demeure n'était plus qu'un effrayant brasier. Mais un cri, un cri horrible, suraigu, déchirant, un cri de femme passa dans la nuit, et deux mansardes s'ouvrirent ! J'avais oublié mes domestiques ! Je vis leurs faces affolées, et leurs bras qui s'agitaient !...

Alors, éperdu d'horreur, je me mis à courir vers le village en hurlant : « Au secours ! au secours ! au feu ! au feu ! » Je rencontrai des gens qui s'en venaient déjà et je retournai avec eux, pour voir !

La maison, maintenant, n'était plus qu'un bûcher horrible et magnifique, un bûcher monstrueux, éclairant toute la terre, un bûcher où brûlaient des hommes, et où il brûlait aussi, Lui, Lui, mon prisonnier, l'Être nouveau, le nouveau maître, le Horla !

Soudain le toit tout entier s'engloutit entre les murs et un volcan de flammes jaillit jusqu'au ciel. Par toutes les fenêtres ouvertes sur la fournaise, je voyais la cuve de feu, et je pensais qu'il était là, dans ce four, mort...

– Mort ? Peut-être ?... Son corps ? son corps que le jour traversait n'était-il pas indestructible par les moyens qui tuent les nôtres ?

S'il n'était pas mort ?... seul peut-être le temps a prise sur l'Être Invisible et Redoutable. Pourquoi ce corps transparent, ce corps inconnaissable, ce corps d'Esprit, s'il devait craindre, lui aussi, les maux, les blessures, les infirmités, la destruction prématurée ?

La destruction prématurée ? toute l'épouvante humaine vient d'elle ! Après l'homme, le Horla. – Après celui qui peut mourir tous les jours, à toutes les heures, à toutes les minutes, par tous les accidents, est venu celui qui ne doit mourir qu'à son jour, à son heure, à sa minute, parce qu'il a touché la limite de son existence !

« Non... non... sans aucun doute, sans aucun doute... il n'est pas mort... Alors... alors... il va donc falloir que je me tue, moi !...

....

Amour

Trois pages du livre d'un chasseur

... Je viens de lire dans un fait divers de journal un drame de passion. Il l'a tuée, puis il s'est tué, donc il l'aimait. Qu'importent Il et Elle ? Leur amour seul m'importe ; et il ne m'intéresse point parce qu'il m'attendrit ou parce qu'il m'étonne, ou parce qu'il m'émeut ou parce qu'il me fait songer, mais parce qu'il me rappelle un souvenir de ma jeunesse, un étrange souvenir de chasse où m'est apparu l'Amour comme apparaissaient aux premiers chrétiens des croix au milieu du ciel.

Je suis né avec tous les instincts et les sens de l'homme primitif, tempéré par des raisonnements et des émotions de civilisé. J'aime la chasse avec passion ; et la bête saignante, le sang sur les plumes, le sang sur mes mains, me crispent le cœur à le faire défaillir.

Cette année-là, vers la fin de l'automne, les froids arrivèrent brusquement, et je fus appelé par un de mes cousins, Karl de Rauville, pour venir avec lui tuer des canards dans les marais, au lever du jour.

Mon cousin, gaillard de quarante ans, roux, très fort et très barbu, gentilhomme de campagne, demi-brute aimable, d'un caractère gai, doué de cet esprit gaulois qui rend agréable la médiocrité, habitait une sorte de ferme-château dans une vallée où coulait une rivière. Des bois couvraient les collines de droite et de gauche, vieux bois seigneuriaux où restaient des arbres magnifiques et où l'on trouvait les plus rares gibiers à plume de toute cette partie de la France. On y tuait des aigles quelquefois ; et les oiseaux de passage, ceux qui presque jamais ne viennent en nos pays trop peuplés, s'arrêtaient presque infailliblement dans ces branchages séculaires comme s'ils eussent connu ou reconnu un petit coin de forêt des anciens temps demeuré là pour leur servir d'abri en leur courte étape nocturne.

Dans la vallée, c'étaient de grands herbages arrosés par des rigoles et séparés par des haies ; puis, plus loin, la rivière, canalisée jusque-là, s'épandait en un vaste marais. Ce marais, la plus admirable région de chasse que j'aie jamais vue, était tout le souci de mon cousin qui l'entretenait comme un parc. À travers l'immense peuple de roseaux qui le couvrait, le faisait vivant, bruissant, houleux, on avait tracé d'étroites avenues où les barques plates, conduites et dirigées avec des perches, passaient, muettes, sur l'eau morte, frôlaient les joncs, faisaient fuir les poissons rapides à travers les herbes et plonger les poules sauvages dont la tête noire et pointue disparaissait brusquement.

J'aime l'eau d'une passion désordonnée : la mer, bien que trop grande, trop remuante, impossible à posséder, les rivières si jolies mais qui passent, qui fuient, qui s'en vont, et les marais surtout où palpite toute l'existence inconnue des bêtes aquatiques. Le marais, c'est un monde entier sur la terre, monde différent, qui a sa vie propre, ses habitants sédentaires, et ses voyageurs de passage, ses voix, ses bruits et son mystère surtout. Rien n'est plus troublant, plus inquiétant, plus effrayant, parfois qu'un marécage. Pourquoi cette peur qui plane sur ces plaines basse couvertes d'eau ? Sont-ce les vagues rumeurs des roseaux, les étranges feux follets, le silence profond qui les enveloppe dans les nuits calmes ou bien les brumes bizarres, qui traînent sur les joncs comme des robes de mortes, ou bien encore l'imperceptible clapotement, si léger, si doux, et plus terrifiant parfois que le canon des hommes ou que le tonnerre du ciel, qui fait ressembler les marais à des pays de rêve, à des pays redoutables cachant un secret inconnaissable et dangereux.

Non. Autre chose s'en dégage, un autre mystère, plus profond, plus grave, flotte dans les brouillards épais, le mystère même de la création peut-être ! Car n'est-ce pas dans l'eau stagnante et fangeuse, dans la lourde humidité des terres mouillées sous la chaleur du soleil, que remua, que vibra, que s'ouvrit au jour le premier germe de vie ?

J'arrivai le soir chez mon cousin. Il gelait à fendre les pierres.

Pendant le dîner, dans la grande salle dont les buffets, les murs, le plafond étaient couverts d'oiseaux empaillés, aux ailes étendues, ou perchés sur des branches accrochées par des clous, éperviers, hérons, hiboux, engoulevents, buses, tiercelets, vautours, faucons, mon cousin pareil lui-même à un étrange animal des pays froids, vêtu d'une jaquette en peau de phoque, me racontait les dispositions qu'il avait prises pour cette nuit même.

Nous devions partir à trois heures et demie du matin, afin d'arriver vers quatre heures et demie au point choisi pour notre affût. On avait construit à cet endroit une hutte avec des morceaux de glace pour nous abriter un peu contre le vent terrible qui précède le jour, ce vent chargé de froid qui déchire la chair comme des scies, la coupe comme des lames, la pique comme des aiguillons empoisonnés, la tord comme des tenailles, et la brûle comme du feu.

Mon cousin se frottait les mains : « Je n'ai jamais vu une gelée pareille, disait-il, nous avions déjà douze degrés sous zéro à six heures du soir. »

J'allai me jeter sur mon lit aussitôt après le repas, et je m'endormis à la lueur d'une grande flamme flambant dans ma cheminée.

À trois heures sonnantes on me réveilla. J'endossai, à mon tour, une peau de mouton et je trouvai mon cousin Karl couvert d'une fourrure d'ours. Après avoir avalé chacun deux tasses de café brûlant suivies de deux verres de fine champagne, nous partîmes accompagnés d'un garde et de nos chiens : Plongeon et Pierrot.

Dès les premiers pas dehors, je me sentis glacé jusqu'aux os. C'était une de ces nuits où la terre semble morte de froid. L'air gelé devient résistant, palpable tant il fait mal ; aucun souffle ne l'agite ; il est figé, immobile ; il mord, traverse, dessèche, tue les arbres, les plantes, les insectes, les petits oiseaux eux-mêmes qui tombent des branches sur le sol dur, et deviennent durs aussi, comme lui, sous l'étreinte du froid.

La lune, à son dernier quartier, toute penchée sur le côté, toute pâle, paraissait défaillante au milieu de l'espace, et si faible qu'elle ne pouvait plus s'en aller, qu'elle restait là-haut, saisie aussi, paralysée par la rigueur du ciel. Elle répandait une lumière sèche et triste sur le monde, cette lueur mourante et blafarde qu'elle nous jette chaque mois, à la fin de sa résurrection.

Nous allions, côte à côte, Karl et moi, le dos courbé, les mains dans nos poches et le fusil sous le bras. Nos chaussures enveloppées de laine afin de pouvoir marcher sans glisser sur la rivière gelée ne faisaient aucun bruit ; et je regardais la fumée blanche que faisait l'haleine de nos chiens.

Nous fûmes bientôt au bord du marais, et nous nous engageâmes dans une des allées de roseaux secs qui s'avançaient à travers cette forêt basse.

Nos coudes, frôlant les longues feuilles en rubans, laissaient derrière nous un léger bruit, et je me sentis saisi, comme je ne l'avais jamais été, par l'émotion puissante et singulière que font naître en moi les marécages. Il était mort, celui-là, mort de froid, puisque nous marchions dessus, au milieu de son peuple de joncs desséchés.

Tout à coup, au détour d'une des allées, j'aperçus la hutte de glace qu'on avait construite pour nous mettre à l'abri. J'y entrai, et comme nous avions encore près d'une heure à attendre le réveil des oiseaux errants, je me roulai dans ma couverture pour essayer de me réchauffer.

Alors, couché sur le dos, je me mis à regarder la lune déformée, qui avait quatre cornes à travers les parois vaguement transparentes de cette maison polaire.

Mais le froid du marais gelé, le froid de ces murailles, le froid tombé du firmament me pénétra bientôt d'une façon si terrible, que je me mis à tousser.

Mon cousin Karl fut pris d'inquiétude : « Tant pis si nous ne tuons pas grand-chose aujourd'hui, dit-il, je ne veux pas que tu t'enrhumes ; nous allons faire du feu. » Et il donna l'ordre au garde de couper des roseaux.

On en fit un tas au milieu de notre hutte défoncée au sommet pour laisser échapper la fumée ; et lorsque la flamme rouge monta le long des cloisons claires de cristal, elles se mirent à fondre, doucement, à peine, comme si ces pierres de glace avaient sué. Karl, resté dehors, me cria : « Viens donc voir ! » Je sortis et je restai éperdu d'étonnement. Notre cabane, en forme de cône, avait l'air d'un monstrueux diamant au cœur de feu poussé soudain sur l'eau gelée du marais. Et dedans, on voyait deux formes fantastiques, celles de nos chiens qui se chauffaient.

Mais un cri bizarre, un cri perdu, un cri errant, passa sur nos têtes. La lueur de notre foyer réveillait les oiseaux sauvages.

Rien ne m'émeut comme cette première clameur de vie qu'on ne voit point et qui court dans l'air sombre, si vite, si loin, avant qu'apparaisse à l'horizon la première clarté des jours d'hiver. Il me semble à cette heure glaciale de l'aube, que ce cri fuyant emporté par les plumes d'une bête est un soupir de l'âme du monde !

Karl disait : « Éteignez le feu. Voici l'aurore. »

Le ciel en effet commençait à pâlir, et les bandes de canards traînaient de longues taches rapides, vite effacées, sur le firmament.

Une lueur éclata dans la nuit, Karl venait de tirer ; et les deux chiens s'élancèrent.

Alors, de minute en minute, tantôt lui et tantôt moi, nous ajustions vivement dès qu'apparaissait au-dessus des roseaux l'ombre d'une tribu volante. Et Pierrot et Plongeon, essoufflés et joyeux, nous rapportaient des bêtes sanglantes dont l'œil quelquefois nous regardait encore.

Le jour s'était levé, un jour clair et bleu ; le soleil apparaissait au fond de la vallée et nous songions à repartir, quand deux oiseaux, le col droit et les ailes tendues, glissèrent brusquement sur nos têtes. Je tirai. Un d'eux tomba presque à mes pieds. C'était une sarcelle au ventre d'argent. Alors, dans l'espace au-dessus de moi, une voix, une voix d'oiseau cria. Ce fut une plainte courte, répétée, déchirante ; et la bête, la petite bête épargnée se mit à tourner dans le bleu du ciel au-dessus de nous en regardant sa compagne morte que je tenais entre mes mains.

Karl, à genoux, le fusil à l'épaule, l'œil ardent, la guettait, attendant qu'elle fût assez proche.

– Tu as tué la femelle, dit-il, le mâle ne s'en ira pas.

Certes, il ne s'en allait point ; il tournoyait toujours, et pleurait autour de nous. Jamais gémissement de souffrance ne me déchira le cœur comme l'appel désolé, comme le reproche lamentable de ce pauvre animal perdu dans l'espace.

Parfois, il s'enfuyait sous la menace du fusil qui suivait son vol ; il semblait prêt à continuer sa route, tout seul à travers le ciel. Mais ne s'y pouvant décider il revenait bientôt pour chercher sa femelle.

– Laisse-la par terre, me dit Karl, il approchera tout à l'heure.

Il approchait, en effet, insouciant du danger, affolé par son amour de bête, pour l'autre bête que j'avais tuée.

Karl tira ; ce fut comme si on avait coupé la corde qui tenait suspendu l'oiseau. Je vis une chose noire qui tombait ; j'entendis dans les roseaux le bruit d'une chute. Et Pierrot me le rapporta.

Je les mis, froids déjà, dans le même carnier... et je repartis, ce jour-là, pour Paris.

....

Le trou

Coups et blessures, ayant occasionné la mort. Tel était le chef d'accusation qui faisait comparaître en cour d'assises le sieur Léopold Renard, tapissier.

Autour de lui les principaux témoins, la dame Flamèche, veuve de la victime, les nommés Louis Ladureau, ouvrier ébéniste, et Jean Durdent, plombier.

Près du criminel, sa femme en noir, petite, laide, l'air d'une guenon habillée en dame.

Et voici comment Renard (Léopold) raconte le drame :

– Mon Dieu, c'est un malheur dont je fus tout le temps la première victime, et dont ma volonté n'est pour rien. Les faits se commentent d'eux-mêmes, m'sieu l'président. Je suis un honnête homme, homme de travail, tapissier dans la même rue depuis seize ans, connu, aimé, respecté, considéré de tous, comme en ont attesté les voisins, même la concierge qui n'est pas folâtre tous les jours. J'aime le travail, j'aime l'épargne, j'aime les honnêtes gens et les plaisirs honnêtes. Voilà ce qui m'a perdu, tant pis pour moi ; ma volonté n'y étant pas, je continue à me respecter.

« Donc, tous les dimanches, mon épouse que voilà et moi, depuis cinq ans, nous allons passer la journée à Poissy. Ça nous fait prendre l'air, sans compter que nous aimons la pêche à la ligne, oh ! mais là, nous l'aimons comme des petits oignons. C'est Mélie qui m'a donné cette passion-là, la rosse, et qu'elle y est plus emportée que moi, la teigne, vu que tout le mal vient d'elle en c't'affaire-là, comme vous l'allez voir par la suite.

« Moi, je suis fort et doux, pas méchant pour deux sous. Mais elle ! oh ! là ! là ! ça n'a l'air de rien, c'est petit, c'est maigre ; eh bien ! c'est plus malfaisant qu'une fouine. Je ne nie pas qu'elle ait des qualités ; elle en a, et d'importantes pour un commerçant. Mais son caractère ! Parlez-en aux alentours, et même à la concierge qui m'a déchargé tout à l'heure... elle vous en dira des nouvelles.

« Tous les jours elle me reprochait ma douceur : « C'est moi qui ne me laisserais pas faire ci ! C'est moi qui ne me laisserais pas faire ça. » En l'écoutant, m'sieu l'président, j'aurais eu au moins trois duels au pugilat par mois...

Mme Renard l'interrompit : « Cause toujours ; rira bien qui rira l'dernier. »

Il se tourna vers elle avec candeur :

— Eh bien, j'peux t'charger puisque t'es pas en cause, toi...

Puis, faisant de nouveau face au président :

— Lors je continue. Donc nous allions à Poissy tous les samedis soir pour y pêcher dès l'aurore du lendemain. C'est une habitude pour nous qu'est devenue une seconde nature, comme on dit. J'avais découvert, voilà trois ans cet été, une place ! mais une place ! Oh ! là ! là ! à l'ombre, huit pieds d'eau, au moins, p't-être dix, un trou, quoi, avec des retrous sous la berge, une vraie niche à poisson, un paradis pour le pêcheur. Ce trou-là, m'sieu l'président, je pouvais le considérer comme à moi, vu que j'en étais le Christophe Colomb. Tout le monde le savait dans le pays, tout le monde sans opposition. On disait : « Ça, c'est la place à Renard » ; et personne n'y serait venu, pas même M. Plumeau, qu'est connu, soit dit sans l'offenser, pour chiper les places des autres.

« Donc, sûr de mon endroit, j'y revenais comme un propriétaire. À peine arrivé, le samedi, je montais dans *Dalila*, avec mon épouse. – *Dalila* c'est ma norvégienne, un bateau que j'ai fait construire chez Fournaise, quéque chose de léger et de sûr. – Je dis que nous montons dans *Dalila*, et nous allons amorcer. Pour amorcer, il n'y a que moi, et ils le savent bien, les camaraux. – Vous me demanderez avec quoi j'amorce ? Je n'peux pas répondre. Ça ne touche point à l'accident ; je ne peux pas répondre, c'est mon secret. – Ils sont plus de deux cents qui me l'ont demandé. On m'en a offert des petits verres, et des fritures, et des matelotes pour me faire causer ! ! Mais va voir s'ils viennent, les chevesnes. Ah ! oui, on m'a tapé sur le ventre pour la connaître, ma recette... Il n'y a que ma femme qui la sait... et elle ne la dira pas plus que moi !... Pas vrai, Mélie ?...

Le président l'interrompit.

– Arrivez au fait le plus tôt possible.

Le prévenu reprit : « J'y viens, j'y viens. Donc le samedi 8 juillet, parti par le train de cinq heures vingt-cinq, nous allâmes, dès avant dîner, amorcer comme tous les samedis. Le temps s'annonçait bien. Je disais à Mélie : « Chouette, chouette pour demain ! » Et elle répondait : « Ça promet. » Nous ne causons jamais plus que ça ensemble.

« Et puis, nous revenons dîner. J'étais content, j'avais soif. C'est cause de tout, m'sieu l'président. Je dis à Mélie : « Tiens, Mélie, il fait beau, si je buvais une bouteille de *casque à mèche*. » C'est un petit vin blanc que nous avons baptisé comme ça, parce que, si on en boit trop, il vous empêche de dormir et il remplace le casque à mèche. Vous comprenez.

« Elle me répond : « Tu peux faire à ton idée, mais tu s'ras encore malade ; et tu ne pourras pas te lever demain. » – Ça, c'était vrai, c'était sage, c'était prudent, c'était perspicace, je le confesse. Néanmoins, je ne sus pas me contenir ; et je la bus ma bouteille. Tout vint de là.

« Donc, je ne pus pas dormir. Cristi ! je l'ai eu jusqu'à deux heures du matin, ce casque à mèche en jus de raisin. Et puis pouf, je m'endors, mais là je dors à n'pas entendre gueuler l'ange du jugement dernier.

« Bref, ma femme me réveille à six heures. Je saute du lit, j'passe vite et vite ma culotte et ma vareuse ; un coup d'eau sur le museau et nous sautons dans *Dalila.* Trop tard. Quand j'arrive à mon trou, il était pris ! Jamais ça n'était arrivé, m'sieur l'président ! Jamais depuis trois ans ! Ça m'a fait un effet comme si on me dévalisait sous mes yeux. Je dis : « Nom d'un nom, d'un nom, d'un nom ! » Et v'là ma femme qui commence à me harceler. « Hein, ton casque à mèche ! Va donc, soûlot ! Es-tu content, grande bête. »

« Je ne disais rien ; c'était vrai, tout ça.

« Je débarque tout de même près de l'endroit pour tâcher de profiter des restes. Et peut-être qu'il ne prendrait rien c't'homme ? et qu'il s'en irait.

« C'était un petit maigre, en coutil blanc, avec un grand chapeau de paille. Il avait aussi sa femme, une grosse qui faisait de la tapisserie derrière lui.

« Quand elle nous vit nous installer près du lieu, v'là qu'elle murmure :

« – Il n'y a donc pas d'autre place sur la rivière ?

« Et la mienne, qui rageait, de répondre :

« – Les gens qu'ont du savoir-vivre s'informent des habitudes d'un pays avant d'occuper les endroits réservés.

« Comme je ne voulais pas d'histoires, je lui dis :

« – Tais-toi, Mélie. Laisse faire, laisse faire, nous verrons bien.

« Donc, nous avions mis *Dalila* sous les saules, nous étions descendus et nous pêchions, coude à coude, Mélie et moi, juste à côté des deux autres.

« Ici, m'sieu l'président, il faut que j'entre dans le détail.

« Y avait pas cinq minutes que nous étions là quand la ligne du voisin s'met à plonger deux fois, trois fois ; et puis voilà qu'il en amène un, de chevesne, gros comme ma cuisse, un peu moins p't-être, mais presque ! Moi, le cœur me bat ; j'ai une sueur aux tempes, et Mélie qui me dit : « Hein, pochard, l'as-tu vu, celui-là ! »

« Sur ces entrefaites, M. Bru, l'épicier de Poissy, un amateur de goujon, lui, passe en barque et me crie : « On vous a pris votre endroit, monsieur Renard ? » Je lui réponds : « Oui, monsieur Bru, il y a dans ce monde des gens pas délicats qui ne savent pas les usages. »

« Le petit coutil d'à côté avait l'air de ne pas entendre, sa femme non plus, sa grosse femme, un veau quoi ! »

Le président interrompit une seconde fois : « Prenez garde ! Vous insultez Mme veuve Flamèche, ici présente. »

Renard s'exclama : « Pardon, pardon, c'est la passion qui m'emporte.

« Donc, il ne s'était pas écoulé un quart d'heure que le petit coutil en prit encore un, de chevesne – et un autre presque par-dessus, et encore un cinq minutes plus tard.

« Moi, j'en avais les larmes aux yeux. Et puis je sentais Mme Renard en ébullition ; elle me lancicotait sans cesse : « Ah ! misère ! crois-tu qu'il te le vole, ton poisson ? Crois-tu ? Tu ne prendras rien, toi, pas une grenouille, rien de rien, rien. Tiens, j'ai du feu dans la main, rien que d'y penser. »

« Moi, je me disais : – Attendons midi. Il ira déjeuner, ce braconnier-là, et je la reprendrai, ma place. Vu que moi, m'sieu l'président, je déjeune sur les lieux tous les dimanches. Nous apportons les provisions dans *Dalila*.

« Ah ! ouiche. Midi sonne ! Il avait un poulet dans un journal, le malfaiteur, et pendant qu'il mange, v'là qu'il en prend encore un, de chevesne !

« Mélie et moi nous cassions une croûte aussi, comme ça, sur le pouce, presque rien, le cœur n'y était pas.

« Alors, pour faire digestion, je prends mon journal. Tous les dimanches, comme ça, je lis le *Gil Blas*, à l'ombre, au bord de l'eau. C'est le jour de Colombine, vous savez bien, Colombine qu'écrit des articles dans le *Gil Blas*. J'avais coutume de faire enrager Mme Renard en prétendant la connaître, c'te Colombine. C'est pas vrai, je la connais pas, je ne l'ai jamais vue, n'importe, elle écrit bien ; et puis elle dit des choses rudement d'aplomb pour une femme. Moi, elle me va, y en a pas beaucoup dans son genre.

« Voilà donc que je commence à asticoter mon épouse, mais elle se fâche tout de suite, et raide, encore. Donc je me tais.

« C'est à ce moment qu'arrivent de l'autre côté de la rivière nos deux témoins que voilà, M. Ladureau et M. Durdent. Nous nous connaissions de vue.

« Le petit s'était remis à pêcher. Il en prenait que j'en tremblais, moi. Et sa femme se met à dire : « La place est rudement bonne, nous y reviendrons toujours, Désiré ! »

« Moi, je me sens un froid dans le dos. Et Mme Renard répétait : « T'es pas un homme, t'es pas un homme. T'as du sang de poulet dans les veines. »

« Je lui dis soudain : « Tiens, j'aime mieux m'en aller, je ferais quelque bêtise. »

« Et elle me souffle, comme si elle m'eût mis un fer rouge sous le nez : « T'es pas un homme. V'là qu' tu fuis, maintenant, que tu rends la place ! Va donc, Bazaine ! »

« Là, je me suis senti touché. Cependant je ne bronche pas.

« Mais l'autre, il lève une brème, oh ! jamais je n'en ai vu telle. Jamais !

« Et r'voilà ma femme qui se met à parler haut, comme si elle pensait. Vous voyez d'ici la malice. Elle disait : « C'est ça qu'on peut appeler du poisson volé, vu que nous avons amorcé la place nous-mêmes. Il faudrait rendre au moins l'argent dépensé pour l'amorce. »

« Alors, la grosse au petit coutil se mit à dire à son tour : – C'est à nous que vous en avez, madame ?

« – J'en ai aux voleurs de poisson qui profitent de l'argent dépensé par les autres.

« – C'est nous que vous appelez des voleurs de poisson ?

« Et voilà qu'elles s'expliquent, et puis qu'elles en viennent aux mots. Cristi, elles en savent, les gueuses, et de tapés. Elles gueulaient si fort que nos deux témoins, qui étaient sur l'autre berge, s'mettent à crier pour rigoler. « Eh ! là-bas, un peu de silence. Vous allez empêcher vos époux de pêcher. »

« Le fait est que le petit coutil et moi, nous ne bougions pas plus que deux souches. Nous restions là, le nez sur l'eau, comme si nous n'avions pas entendu.

« Cristi de cristi, nous entendions bien pourtant : « Vous n'êtes qu'une menteuse. – Vous n'êtes qu'une traînée. – Vous n'êtes qu'une roulure. – Vous n'êtes qu'une rouchie. » Et va donc, et va donc. Un matelot n'en sait pas plus.

« Soudain, j'entends un bruit derrière moi. Je me r'tourne. C'était l'autre, la grosse, qui tombait sur ma femme à coups d'ombrelle. Pan ! pan ! Mélie en r'çoit deux. Mais elle rage, Mélie, et puis elle tape, quand elle rage. Elle vous attrape la grosse par les cheveux, et puis v'lan, v'lan, v'lan, des gifles qui pleuvaient comme des prunes.

« Moi, je les aurais laissé faire. Les femmes entre elles, les hommes entre eux. Il ne faut pas mêler les coups. Mais le petit coutil se lève comme un diable et puis il veut sauter sur ma femme. Ah ! mais non ! ah ! mais non ! pas de ça, camarade. Moi je le reçois sur le bout de mon poing, cet oiseau-là. Et gnon, et gnon. Un dans le nez, l'autre dans le ventre. Il lève les bras, il lève la jambe et il tombe sur le dos, en pleine rivière, juste dans l'trou.

« Je l'aurais repêché pour sûr, m'sieu l'président, si j'avais eu le temps tout de suite. Mais, pour comble, la grosse prenait le dessus, et elle vous tripotait Mélie de la belle façon. Je sais bien que j'aurais pas dû la secourir pendant que l'autre buvait son coup. Mais je ne pensais pas qu'il se serait noyé. Je me disais : « Bah ! ça le rafraîchira ! »

« Je cours donc aux femmes pour les séparer. Et j'en reçois des gnons, des coups d'ongles et des coups de dents. Cristi, quelles rosses !

« Bref, il me fallut bien cinq minutes, peut-être dix, pour séparer ces deux crampons-là.

« J'me r'tourne. Pu rien. L'eau calme comme un lac. Et les autres là-bas qui criaient : « Repêchez-le, repêchez-le. »

« C'est bon à dire, ça, mais je ne sais pas nager, moi, et plonger encore moins, pour sûr !

« Enfin le barragiste est venu et deux messieurs avec des gaffes, ça avait bien duré un grand quart d'heure. On l'a retrouvé au fond du trou, sous huit pieds d'eau, comme j'avais dit, mais il y était, le petit coutil !

« Voilà les faits tels que je les jure. Je suis innocent, sur l'honneur. »

Les témoins ayant déposé dans le même sens, le prévenu fut acquitté.

Sauvée

Elle entra comme une balle qui crève une vitre, la petite marquise de Rennedon, et elle se mit à rire avant de parler, à rire aux larmes comme elle avait fait un mois plus tôt, en annonçant à son amie qu'elle avait trompé le marquis pour se venger, rien que pour se venger, et rien qu'une fois, parce qu'il était vraiment trop bête et trop jaloux.

La petite baronne de Grangerie avait jeté sur son canapé le livre qu'elle lisait et elle regardait Annette avec curiosité, riant déjà elle-même.

Enfin elle demanda :

– Qu'est-ce que tu as encore fait ?

– Oh !... ma chère... ma chère... C'est trop drôle... trop drôle..., figure-toi... je suis sauvée !... sauvée !... sauvée !

– Comment sauvée ?

– Oui, sauvée !

– De quoi ?

– De mon mari, ma chère, sauvée ! Délivrée ! libre ! libre ! libre !

– Comment libre ? En quoi ?

– En quoi ! Le divorce ! Oui, le divorce ! Je tiens le divorce !

– Tu es divorcée ?

– Non, pas encore, que tu es sotte ! On ne divorce pas en trois heures ! Mais j'ai des preuves... des preuves... des preuves qu'il me trompe... un flagrant délit... songe !... un flagrant délit... je le tiens...

– Oh ! dis-moi ça ! Alors il te trompait ?

– Oui... c'est-à-dire non... oui et non... je ne sais pas. Enfin, j'ai des preuves, c'est l'essentiel.

– Comment as-tu fait ?

– Comment j'ai fait ?... Voilà ! Oh ! j'ai été forte, rudement forte. Depuis trois mois il était devenu odieux, tout à fait odieux, brutal, grossier, despote, ignoble enfin. Je me suis dit : « Ça ne peut pas durer, il me faut le divorce ! » Mais comment ? Ça n'était pas facile. J'ai essayé de me faire battre par lui. Il n'a pas voulu. Il me contrariait du matin au soir, me forçait à sortir quand je ne voulais pas, à rester chez moi quand je désirais dîner en ville ; il me rendait la vie insupportable d'un bout à l'autre de la semaine, mais il ne me battait pas.

« Alors, j'ai tâché de savoir s'il avait une maîtresse. Oui, il en avait une, mais il prenait mille précautions pour aller chez elle. Ils étaient imprenables ensemble. Alors, devine ce que j'ai fait ?

– Je ne devine pas.

– Oh ! tu ne devinerais jamais. J'ai prié mon frère de me procurer une photographie de cette fille.

– De la maîtresse de ton mari ?

– Oui. Ça a coûté quinze louis à Jacques, le prix d'un soir, de sept heures à minuit, dîner compris, trois louis l'heure. Il a obtenu la photographie par-dessus le marché.

– Il me semble qu'il aurait pu l'avoir à moins en usant d'une ruse quelconque et sans... sans... sans être obligé de prendre en même temps l'original.

– Oh ! elle est jolie. Ça ne déplaisait pas à Jacques. Et puis moi j'avais besoin de détails sur elle, de détails physiques sur sa taille, sur sa poitrine, sur son teint, sur mille choses enfin.

– Je ne comprends pas.

– Tu vas voir. Quand j'ai connu tout ce que je voulais savoir, je me suis rendue chez un... comment dirais-je... chez un homme d'affaires... tu sais... de ces hommes qui font des affaires de toute sorte... de toute nature... des agents de... de... de publicité et de complicité... de ces hommes... enfin tu comprends.

– Oui, à peu près. Et tu lui as dit ?

– Je lui ai dit, en lui montrant la photographie de Clarisse (elle s'appelle Clarisse) : « Monsieur, il me faut une femme de chambre qui ressemble à ça. Je la veux jolie, élégante, fine, propre. Je la paierai ce qu'il faudra. Si ça me coûte dix mille francs, tant pis. Je n'en aurai pas besoin plus de trois mois. »

« Il avait l'air très étonné, cet homme. Il demanda : « Madame la veut-elle irréprochable ? »

« Je rougis, et je balbutiai : « Mais oui, comme probité. »

« Il reprit : « Et... comme mœurs... » Je n'osai pas répondre. Je fis seulement un signe de tête qui voulait dire : non. Puis, tout à coup, je compris qu'il avait un horrible soupçon, et je m'écriai, perdant l'esprit : « Oh ! monsieur... c'est pour mon mari... qui me trompe... qui me trompe en ville... et je veux... je veux qu'il me trompe chez moi... vous comprenez... pour le surprendre... »

« Alors, l'homme se mit à rire. Et je compris à son regard qu'il m'avait rendu son estime. Il me trouvait même très forte. J'aurais bien parié qu'à ce moment-là il avait envie de me serrer la main.

« Il me dit : « Dans huit jours, madame, j'aurai votre affaire. Et nous changerons de sujet s'il le faut. Je réponds du succès. Vous ne me payerez qu'après réussite. Ainsi cette photographie représente la maîtresse de monsieur votre mari ?

« – Oui, monsieur.

« – Une belle personne, une fausse maigre. Et quel parfum ?

« Je ne comprenais pas ; je répétai : – Comment, quel parfum ?

« Il sourit : « Oui, madame, le parfum est essentiel pour séduire un homme ; car cela lui donne des ressouvenirs inconscients qui le disposent à l'action ; le parfum établit des confusions obscures dans son esprit, le trouble et l'énerve en lui rappelant ses plaisirs. Il faudrait tâcher de savoir aussi ce que monsieur votre mari a l'habitude de manger quand il dîne avec cette dame. Vous pourriez lui servir les mêmes plats le soir où vous le pincerez. Oh ! nous le tenons, madame, nous le tenons. »

« Je m'en allai enchantée. J'étais tombée là vraiment sur un homme très intelligent.

* * *

« Trois jours plus tard, je vis arriver chez moi une grande fille très brune, très belle, avec l'air modeste et hardi en même temps, un singulier air de rouée. Elle fut très convenable avec moi. Comme je ne savais pas trop qui c'était, je l'appelais « mademoiselle » ; alors, elle me dit : « Oh ! madame peut m'appeler Rose tout court. » Nous commençâmes à causer.

« – Eh bien, Rose, vous savez pourquoi vous venez ici ?

« – Je m'en doute, madame.

« – Fort bien, ma fille..., et cela ne vous... ennuie pas trop ?

« – Oh ! madame, c'est le huitième divorce que je fais ; j'y suis habituée.

« – Alors parfait. Vous faut-il longtemps pour réussir ?

« – Oh ! madame, cela dépend tout à fait du tempérament de monsieur. Quand j'aurai vu monsieur cinq minutes en tête à tête, je pourrai répondre exactement à madame.

« – Vous le verrez tout à l'heure, mon enfant. Mais je vous préviens qu'il n'est pas beau.

« – Cela ne fait rien, madame. J'en ai séparé déjà de très laids. Mais je demanderai à madame si elle s'est informée du parfum.

« – Oui, ma bonne Rose, la verveine.

« – Tant mieux, madame, j'aime beaucoup cette odeur-là ! Madame peut-elle me dire aussi si la maîtresse de monsieur porte du linge de soie ?

« – Non, mon enfant : de la batiste avec dentelles.

« – Oh ! alors, c'est une personne comme il faut. Le linge de soie commence à devenir commun.

« – C'est très vrai, ce que vous dites là !

« – Eh bien, madame, je vais prendre mon service.

« Elle prit son service, en effet, immédiatement, comme si elle n'eût fait que cela toute sa vie.

« Une heure plus tard mon mari rentrait. Rose ne leva même pas les yeux sur lui, mais il leva les yeux sur elle, lui. Elle sentait déjà la verveine à plein nez. Au bout de cinq minutes elle sortit.

« Il me demanda aussitôt :

« – Qu'est-ce que c'est que cette fille-là ?

« – Mais... ma nouvelle femme de chambre.

« – Où l'avez-vous trouvée ?

« – C'est la baronne de Grangerie qui me l'a donnée, avec les meilleurs renseignements.

« – Ah ! elle est assez jolie !

« – Vous trouvez ?

« – Mais oui... pour une femme de chambre.

« J'étais ravie. Je sentais qu'il mordait déjà.

« Le soir même, Rose me disait : « Je puis maintenant promettre à madame que ça ne durera pas plus de quinze jours. Monsieur est très facile !

« – Ah ! vous avez déjà essayé ?

« – Non, madame ; mais ça se voit au premier coup d'œil. Il a déjà envie de m'embrasser en passant à côté de moi.

« – Il ne vous a rien dit ?

« – Non, madame ; il m'a seulement demandé mon nom... pour entendre le son de ma voix.

« – Très bien, ma bonne Rose. Allez le plus vite que vous pourrez.

« – Que madame ne craigne rien. Je ne résisterai que le temps nécessaire pour ne pas me déprécier.

« Au bout de huit jours, mon mari ne sortait presque plus. Je le voyais rôder tout l'après-midi dans la maison ; et ce qu'il y avait de plus significatif dans son affaire, c'est qu'il ne m'empêchait plus de sortir. Et moi j'étais dehors toute la journée... pour... pour le laisser libre.

« Le neuvième jour, comme Rose me déshabillait, elle me dit d'un air timide :

« – C'est fait, madame, de ce matin.

« Je fus un peu surprise, un rien émue même, non de la chose, mais plutôt de la manière dont elle me l'avait dite. Je balbutiai : – Et... et... ça s'est bien passé ?...

« – Oh ! très bien, madame. Depuis trois jours déjà il me pressait, mais je ne voulais pas aller trop vite. Madame me préviendra du moment où elle désire le flagrant délit.

« – Oui, ma fille. Tenez !... prenons jeudi.

« – Va pour jeudi, madame. Je n'accorderai rien jusque-là pour tenir monsieur en éveil.

« – Vous êtes sûre de ne pas manquer ?

« – Oh ! oui, madame, très sûre. Je vais allumer monsieur dans les grands prix, de façon à le faire donner juste à l'heure que madame voudra bien me désigner.

« – Prenons cinq heures, ma bonne Rose.

« – Ça va pour cinq heures, madame ; et à quel endroit ?

« – Mais... dans ma chambre.

« – Soit, dans la chambre de madame.

« Alors, ma chérie, tu comprends ce que j'ai fait. J'ai été chercher papa et maman d'abord, et puis mon oncle d'Orvelin, le président, et puis M. Raplet, le juge, l'ami de mon mari. Je ne les ai pas prévenus de ce que j'allais leur montrer. Je les ai fait entrer tous sur la pointe des pieds jusqu'à la porte de ma chambre. J'ai attendu cinq heures, cinq heures juste... Oh ! comme mon cœur battait. J'avais fait monter aussi le concierge pour avoir un témoin de plus ! Et puis, ... et puis, au moment où la pendule commence à sonner, pan, j'ouvre la porte toute grande... Ah ! ah ! ah ! ça y était en plein... en plein... ma chère... Oh ! quelle tête !... si tu avais vu sa tête !... Et il s'est retourné... l'imbécile ! Ah ! qu'il était drôle... Je riais, je riais... Et papa qui s'est fâché, qui voulait battre mon mari... Et le concierge, un bon serviteur, qui l'aidait à se rhabiller... devant nous... devant nous... Il boutonnait ses bretelles... que c'était farce !... Quant à Rose, parfaite ! absolument parfaite... Elle pleurait... elle pleurait très bien. C'est une fille précieuse... Si tu en as jamais besoin, n'oublie pas !

« Et me voici... je suis venue tout de suite te raconter la chose... tout de suite. Je suis libre. Vive le divorce !... »

Et elle se mit à danser au milieu du salon, tandis que la petite baronne, songeuse et contrariée, murmurait :

− Pourquoi ne m'as-tu pas invitée à voir ça ?

Clochette

Sont-ils étranges, ces anciens souvenirs qui vous hantent sans qu'on puisse se défaire d'eux !

Celui-là est si vieux, si vieux que je ne saurais comprendre comment il est resté si vif et si tenace dans mon esprit. J'ai vu depuis tant de choses sinistres, émouvantes ou terribles, que je m'étonne de ne pouvoir passer un jour, un seul jour, sans que la figure de la mère Clochette ne se retrace devant mes yeux, telle que je la connus, autrefois, voilà si longtemps, quand j'avais dix ou douze ans.

C'était une vieille couturière qui venait une fois par semaine, tous les mardis, raccommoder le linge chez mes parents. Mes parents habitaient une de ces demeures de campagne appelées châteaux, et qui sont simplement d'antiques maisons à toit aigu, dont dépendent quatre ou cinq fermes groupées autour.

Le village, un gros village, un bourg, apparaissait à quelques centaines de mètres, serré autour de l'église, une église de briques rouges devenues noires avec le temps.

Donc, tous les mardis, la mère Clochette arrivait entre six heures et demie et sept heures du matin et montait aussitôt dans la lingerie se mettre au travail.

C'était une haute femme maigre, barbue, ou plutôt poilue, car elle avait de la barbe sur toute la figure, une barbe surprenante, inattendue, poussée par bouquets invraisemblables, par touffes frisées qui semblaient semées par un fou à travers ce grand visage de gendarme en jupes. Elle en avait sur le nez, sous le nez, autour du nez, sur le menton, sur les joues ; et ses sourcils d'une épaisseur et d'une longueur extravagantes, tout gris, touffus, hérissés, avaient tout à fait l'air d'une paire de moustaches placées là par erreur.

Elle boitait, non pas comme boitent les estropiés ordinaires, mais comme un navire à l'ancre. Quand elle posait sur sa bonne jambe son grand corps osseux et dévié, elle semblait prendre son élan pour monter sur une vague monstrueuse, puis, tout à coup, elle plongeait comme pour disparaître dans un abîme, elle s'enfonçait dans le sol. Sa marche éveillait bien l'idée d'une tempête, tant elle se balançait en même temps ; et sa tête toujours coiffée d'un énorme bonnet blanc, dont les rubans lui flottaient dans le dos, semblait traverser l'horizon, du nord au sud et du sud au nord, à chacun de ses mouvements.

J'adorais cette mère Clochette. Aussitôt levé je montais dans la lingerie où je la trouvais installée à coudre, une chaufferette sous les pieds. Dès que j'arrivais, elle me forçait à prendre cette chaufferette et à m'asseoir dessus pour ne pas m'enrhumer dans cette vaste pièce froide, placée sous le toit.

– Ça te tire le sang de la gorge, disait-elle.

Elle me contait des histoires, tout en reprisant le linge avec ses longs doigts crochus, qui étaient vifs ; ses yeux derrière ses lunettes aux verres grossissants, car l'âge avait affaibli sa vue, me paraissaient énormes, étrangement profonds, doubles.

Elle avait, autant que je puis me rappeler les choses qu'elle me disait et dont mon cœur d'enfant était remué, une âme magnanime de pauvre femme. Elle voyait gros et simple. Elle me contait les événements du bourg, l'histoire d'une vache qui s'était sauvée de l'étable et qu'on avait retrouvée, un matin, devant le moulin de Prosper Malet, regardant tourner les ailes de bois, ou l'histoire d'un œuf de poule découvert dans le clocher de l'église sans qu'on eût jamais compris quelle bête était venue le pondre là, ou l'histoire du chien de Jean-Jean Pilas, qui avait été reprendre à dix lieues du village la culotte de son maître volée par un passant tandis qu'elle séchait devant la porte après une course à la pluie. Elle me contait ces naïves aventures de telle façon qu'elles prenaient en mon esprit des proportions de drames inoubliables, de poèmes grandioses et mystérieux ; et les contes ingénieux inventés par des poètes et que me narrait ma mère, le soir, n'avaient point cette saveur, cette ampleur, cette puissance des récits de la paysanne.

Or, un mardi, comme j'avais passé toute la matinée à écouter la mère Clochette, je voulus remonter près d'elle, dans la journée, après avoir été cueillir des noisettes avec le domestique, au bois des Hallets, derrière la ferme de Noirpré. Je me rappelle tout cela aussi nettement que les choses d'hier.

Or, en ouvrant la porte de la lingerie, j'aperçus la vieille couturière étendue sur le sol, à côté de sa chaise, la face par terre, les bras allongés, tenant encore son aiguille d'une main, et de l'autre, une de mes chemises. Une de ses jambes, dans un bas bleu, la grande sans doute, s'allongeait sous sa chaise ; et les lunettes brillaient au pied de la muraille, ayant roulé loin d'elle.

Je me sauvai en poussant des cris aigus. On accourut ; et j'appris au bout de quelques minutes que la mère Clochette était morte.

Je ne saurais dire l'émotion profonde, poignante, terrible, qui crispa mon cœur d'enfant. Je descendis à petits pas dans le salon et j'allai me cacher dans un coin sombre, au fond d'une immense et antique bergère où je me mis à genoux pour pleurer. Je restai là longtemps sans doute, car la nuit vint.

Tout à coup on entra avec une lampe, mais on ne me vit pas et j'entendis mon père et ma mère causer avec le médecin, dont je reconnus la voix.

On l'avait été chercher bien vite et il expliquait les causes de l'accident. Je n'y compris rien d'ailleurs. Puis il s'assit, et accepta un verre de liqueur avec un biscuit.

Il parlait toujours ; et ce qu'il dit alors me reste et me restera gravé dans l'âme jusqu'à ma mort ! Je crois que je puis reproduire même presque absolument les termes dont il se servit.

– Ah ! disait-il, la pauvre femme ! ce fut ici ma première cliente. Elle se cassa la jambe le jour de mon arrivée et je n'avais pas eu le temps de me laver les mains en descendant de la diligence quand on vint me quérir en toute hâte, car c'était grave, très grave.

« Elle avait dix-sept ans, et c'était une très belle fille, très belle, très belle ! L'aurait-on cru ? Quant à son histoire, je ne l'ai jamais dite, et personne hors moi et un autre qui n'est plus dans le pays ne l'a jamais sue. Maintenant qu'elle est morte, je puis être moins discret.

« À cette époque-là venait de s'installer, dans le bourg, un jeune aide instituteur qui avait une jolie figure et une belle taille de sous-officier. Toutes les filles lui couraient après, et il faisait le dédaigneux, ayant grand-peur d'ailleurs du maître d'école, son supérieur, le père Grabu, qui n'était pas bien levé tous les jours.

« Le père Grabu employait déjà comme couturière la belle Hortense, qui vient de mourir chez vous et qu'on baptisa plus tard Clochette, après son accident. L'aide instituteur distingua cette belle fillette, qui fut sans doute flattée d'être choisie par cet imprenable conquérant ; toujours est-il qu'elle l'aima, et qu'il obtint un premier rendez-vous, dans le grenier de l'école, à la fin d'un jour de couture, la nuit venue.

« Elle fit donc semblant de rentrer chez elle, mais au lieu de descendre l'escalier en sortant de chez les Grabu, elle le monta, et alla se cacher dans le foin, pour attendre son amoureux. Il l'y rejoignit bientôt, et il commençait à lui conter fleurette, quand la porte de ce grenier s'ouvrit de nouveau et le maître d'école parut et demanda :

« – Qu'est-ce que vous faites là-haut, Sigisbert ?

« Sentant qu'il serait pris, le jeune instituteur, affolé, répondit stupidement :

« – J'étais monté me reposer un peu sur les bottes, monsieur Grabu.

« Ce grenier était très grand, très vaste, absolument noir ; et Sigisbert poussait vers le fond la jeune fille effarée, en répétant : « Allez là-bas, cachez-vous. Je vais perdre ma place, sauvez-vous, cachez-vous ! »

« Le maître d'école entendant murmurer, reprit : « Vous n'êtes donc pas seul ici ?

« – Mais oui, monsieur Grabu !

« – Mais non, puisque vous parlez.

« – Je vous jure que oui, monsieur Grabu.

« – C'est ce que je vais savoir, reprit le vieux ; et fermant la porte à double tour, il descendit chercher une chandelle.

« Alors le jeune homme, un lâche comme on en trouve souvent, perdit la tête et il répétait, paraît-il, devenu furieux tout à coup : « Mais cachez-vous, qu'il ne vous trouve pas. Vous allez me mettre sans pain pour toute ma vie. Vous allez briser ma carrière... Cachez-vous donc ! »

« On entendait la clef qui tournait de nouveau dans la serrure.

« Hortense courut à la lucarne qui donnait sur la rue, l'ouvrit brusquement, puis d'une voix basse et résolue :

« – Vous viendrez me ramasser quand il sera parti, dit-elle.

« Et elle sauta.

« Le père Grabu ne trouva personne et redescendit, fort surpris.

« Un quart d'heure plus tard, M. Sigisbert entrait chez moi et me contait son aventure. La jeune fille était restée au pied du mur incapable de se lever, étant tombée de deux étages. J'allai la chercher avec lui. Il pleuvait à verse, et j'apportai chez moi cette malheureuse dont la jambe droite était brisée à trois places, et dont les os avaient crevé les chairs. Elle ne se plaignait pas et disait seulement avec une admirable résignation. : « Je suis punie, bien punie ! »

« Je fis venir du secours et les parents de l'ouvrière, à qui je contai la fable d'une voiture emportée qui l'avait renversée et estropiée devant ma porte.

« On me crut, et la gendarmerie chercha en vain, pendant un mois, l'auteur de cet accident.

« Voilà ! Et je dis que cette femme fut une héroïne, de la race de celles qui accomplissent les plus belles actions historiques.

« Ce fut là son seul amour. Elle est morte vierge. C'est une martyre, une grande âme, une Dévouée sublime ! Et si je ne l'admirais pas absolument je ne vous aurais pas conté cette histoire, que je n'ai jamais voulu dire à personne pendant sa vie, vous comprenez pourquoi. »

Le médecin s'était tu. Maman pleurait. Papa prononça quelques mots que je ne saisis pas bien ; puis ils s'en allèrent.

Et je restai à genoux sur ma bergère, sanglotant, pendant que j'entendais un bruit étrange de pas lourds et de heurts dans l'escalier.

On emportait le corps de Clochette.

Le marquis de Fumerol

Roger de Tourneville, au milieu du cercle de ses amis, parlait, à cheval sur une chaise, il tenait un cigare à la main, et, de temps en temps, aspirait et soufflait un petit nuage de fumée.

... Nous étions à table quand on apporta une lettre. Papa l'ouvrit. Vous connaissez bien papa qui croit faire l'intérim du Roy, en France. Moi, je l'appelle don Quichotte parce qu'il s'est battu pendant douze ans contre le moulin à vent de la République sans bien savoir si c'était au nom des Bourbons ou bien au nom des Orléans. Aujourd'hui il tient la lance au nom des Orléans seuls, parce qu'il n'y a plus qu'eux. Dans tous les cas, papa se croit le premier gentilhomme de France, le plus connu, le plus influent, le chef du parti ; et comme il est sénateur inamovible il considère les Rois des environs comme ayant des trônes peu sûrs.

Quant à maman, c'est l'âme de papa, c'est l'âme de la royauté et de la religion, le bras droit de Dieu sur terre, et le fléau des mal-pensants.

Donc on apporta une lettre pendant que nous étions à table. Papa l'ouvrit, la lut, puis il regarda maman et lui dit : « Ton frère est à l'article de la mort. » Maman pâlit. Presque jamais on ne parlait de mon oncle dans la maison. Moi je ne le connaissais pas du tout. Je savais seulement par la voix publique qu'il avait mené et menait encore une vie de polichinelle. Ayant mangé sa fortune avec un nombre incalculable de femmes, il n'avait conservé que deux maîtresses, avec lesquelles il vivait dans un petit appartement, rue des Martyrs.

Ancien pair de France, ancien colonel de cavalerie, il ne croyait, disait-on, ni à Dieu ni à diable. Doutant donc de la vie future, il avait abusé, de toutes les façons, de la vie présente ; et il était devenu la plaie vive du cœur de maman.

Elle dit : « Donnez-moi cette lettre, Paul. »

Quand elle eut fini de la lire, je la demandai à mon tour. La voici :

« Monsieur le comte, je croi devoir vou faire asavoir que votre bôfrère le marqui de Fumerol, va mourir. Peut etre voudré vous prendre des disposition, et ne pas oublié que je vous ai prévenu.

« Votre servante,

« MÉLANI. »

Papa murmura : « Il faut aviser. Dans ma situation, je dois veiller sur les derniers moments de votre frère. »

Maman reprit : « Je vais faire chercher l'abbé Poivron et lui demander conseil. Puis j'irai trouver mon frère avec l'abbé et Roger. Vous, Paul, restez ici. Il ne faut pas vous compromettre. Une femme peut faire et doit faire ces choses-là. Mais pour un homme politique dans votre position, c'est autre chose. Un adversaire aurait beau jeu à se servir contre vous de la plus louable de vos actions.

– Vous avez raison, dit mon père. Faites suivant votre inspiration, ma chère amie.

Un quart d'heure plus tard, l'abbé Poivron entrait dans le salon, et la situation fut exposée, analysée, discutée sous toutes ses faces.

Si le marquis de Fumerol, un des grands noms de France, mourait sans les secours de la religion, le coup assurément serait terrible pour la noblesse en général et pour le comte de Tourneville en particulier. Les libres-penseurs triompheraient. Les mauvais journaux chanteraient victoire pendant six mois ; le nom de ma mère serait traîné dans la boue et dans la prose des feuilles socialistes ; celui de mon père éclaboussé. Il était impossible qu'une pareille chose arrivât.

Donc une croisade fut immédiatement décidée, qui serait conduite par l'abbé Poivron, petit prêtre gras et propre, vaguement parfumé, un vrai vicaire de grande église dans un quartier noble et riche.

Un landau fut attelé et nous voici partis tous trois, maman, le curé et moi, pour administrer mon oncle.

Il avait été décidé qu'on verrait d'abord Mme Mélanie, auteur de la lettre et qui devait être la concierge ou la servante de mon oncle.

Je descendis en éclaireur devant une maison à sept étages et j'entrai dans un couloir sombre où j'eus beaucoup de mal à découvrir le trou obscur du portier. Cet homme me toisa avec méfiance.

Je demandai : – Madame Mélanie, s'il vous plaît ?

– Connais pas !

– Mais, j'ai reçu une lettre d'elle.

– C'est possible, mais connais pas. C'est quelque entretenue que vous demandez ?

– Non, une bonne, probablement. Elle m'a écrit pour une place.

— Une bonne ?... Une bonne ?... P't'être la celle au marquis. Allez voir, cintième à gauche.

Du moment que je ne demandais pas une entretenue, il était devenu plus aimable et il vint jusqu'au couloir. C'était un grand maigre avec des favoris blancs, un air bedeau et des gestes majestueux.

Je grimpai en courant un long limaçon poisseux d'escalier dont je n'osais toucher la rampe et je frappai trois coups discrets à la porte de gauche du cinquième étage.

Elle s'ouvrit aussitôt ; et une femme malpropre, énorme, se trouva devant moi barrant l'entrée de ses bras ouverts qui s'appuyaient aux deux portants.

Elle grogna : – Qu'est-ce que vous demandez ?

– Vous êtes madame Mélanie ?

– Oui.

– Je suis le vicomte de Tourneville.

– Ah bon ! Entrez.

– C'est que... maman est en bas avec un prêtre.

– Ah bon... Allez les chercher. Mais prenez garde au portier.

Je descendis et je remontai avec maman que suivait l'abbé. Il me sembla que j'entendais d'autres pas derrière nous.

Dès que nous fûmes dans la cuisine, Mélanie nous offrit des chaises et nous nous assîmes tous les quatre pour délibérer.

– Il est bien bas ? demanda maman.

– Ah oui, madame, il n'en a pas pour longtemps.

– Est-ce qu'il semble disposé à recevoir la visite d'un prêtre ?

– Oh !... je ne crois pas.

– Puis-je le voir ?

– Mais... oui... madame... seulement... seulement... ces demoiselles sont auprès de lui.

– Quelles demoiselles ?

– Mais... mais... ses bonnes amies donc.

– Ah !

Maman était devenue toute rouge.

L'abbé Poivron avait baissé les yeux.

Cela commençait à m'amuser et je dis :

– Si j'entrais le premier ? Je verrai comment il me recevra et je pourrai peut-être préparer son cœur.

Maman, qui n'y entendait pas malice, répondit :

– Oui, mon enfant.

Mais une porte s'ouvrit quelque part et une voix, une voix de femme cria :

– Mélanie !

La grosse bonne s'élança, répondit :

– Qu'est-ce qu'il faut, mamzelle Claire ?

– L'omelette, bien vite.

– Dans une minute, mamzelle.

Et revenant vers nous, elle expliqua cet appel :

– C'est une omelette au fromage qu'elles m'ont commandée pour deux heures comme collation.

Et tout de suite elle cassa les œufs dans un saladier et se mit à les battre avec ardeur.

Moi, je sortis sur l'escalier et je tirai la sonnette afin d'annoncer mon arrivée officielle.

Mélanie m'ouvrit, me fit asseoir dans une antichambre, alla dire à mon oncle que j'étais là, puis revint me prier d'entrer.

L'abbé se cacha derrière la porte pour paraître au premier signe.

Assurément, je fus surpris en voyant mon oncle. Il était très beau, très solennel, très chic, ce vieux viveur.

Assis, presque couché dans un grand fauteuil, les jambes enveloppées d'une couverture, les mains, de longues mains pâles, pendantes sur les bras du siège, il attendait la mort avec une dignité biblique. Sa barbe blanche tombait sur sa poitrine, et ses cheveux, tout blancs aussi, la rejoignaient sur les joues.

Debout, derrière son fauteuil, comme pour le défendre contre moi, deux jeunes femmes, deux grasses petites femmes, me regardaient avec des yeux hardis de filles. En jupe et en peignoir, bras nus, avec des cheveux noirs à la diable sur la nuque, chaussées de savates orientales à broderies d'or qui montraient les chevilles et les bas de soie, elles avaient l'air, auprès de ce moribond, des figures immorales d'une peinture symbolique. Entre le fauteuil et le lit, une petite table portant une nappe, deux assiettes, deux verres, deux fourchettes et deux couteaux, attendait l'omelette au fromage commandée tout à l'heure à Mélanie.

Mon oncle dit d'une voix faible, essoufflée, mais nette :

– Bonjour, mon enfant. Il est tard pour me venir voir. Notre connaissance ne sera pas longue.

Je balbutiai : « Mon oncle, ce n'est pas ma faute... »

Il répondit : – Non. Je le sais. C'est la faute de ton père et de ta mère plus que la tienne... Comment vont-ils ?

– Pas mal, je vous remercie. Quand ils ont appris que vous étiez malade, ils m'ont envoyé prendre de vos nouvelles.

– Ah ! Pourquoi ne sont-ils pas venus eux-mêmes ?

Je levai les yeux sur les deux filles, et je dis doucement : « Ce n'est pas de leur faute s'ils n'ont pu venir, mon oncle. Mais il serait difficile pour mon père, et impossible pour ma mère d'entrer ici... »

Le vieillard ne répondit rien, mais souleva sa main vers la mienne. Je pris cette main pâle et froide et je la gardai.

La porte s'ouvrit : Mélanie entra avec l'omelette et la posa sur la table. Les deux femmes aussitôt s'assirent devant leurs assiettes et se mirent à manger sans détourner les yeux de moi.

Je dis : « Mon oncle, ce serait une grande joie pour ma mère de vous embrasser. »

Il murmura : « Moi aussi... je voudrais... » Il se tut. Je ne trouvais rien à lui proposer, et on n'entendait plus que le bruit des fourchettes sur la porcelaine et ce vague mouvement des bouches qui mâchent.

Or l'abbé, qui écoutait derrière la porte, voyant notre embarras et croyant la partie gagnée, jugea le moment venu d'intervenir, et il se montra.

Mon oncle fut tellement stupéfait de cette apparition qu'il demeura d'abord immobile ; puis il ouvrit la bouche comme s'il voulait avaler le prêtre ; puis il cria d'une voix forte, profonde, furieuse :

– Que venez-vous faire ici ?

L'abbé, accoutumé aux situations difficiles, avançait toujours, murmurant :

– Je viens au nom de votre sœur, monsieur le marquis ; c'est elle qui m'envoie... Elle serait si heureuse, monsieur le marquis...

Mais le marquis n'écoutait pas. Levant une main il indiquait la porte d'un geste tragique et superbe, et il disait exaspéré, haletant :

– Sortez d'ici..., sortez d'ici... voleurs d'âmes... Sortez d'ici, violeurs de consciences... Sortez d'ici, crocheteurs de portes des moribonds !

Et l'abbé reculait, et moi aussi, je reculais vers la porte, battant en retraite avec mon clergé ; et, vengées, les deux petites femmes s'étaient levées, laissant leur omelette à demi mangée, et elles s'étaient placées des deux côtés du fauteuil de mon oncle, posant leurs mains sur ses bras pour le calmer, pour le protéger contre les entreprises criminelles de la Famille et de la Religion.

L'abbé et moi nous rejoignîmes maman dans la cuisine. Et Mélanie de nouveau nous offrit des chaises.

– Je savais bien que ça n'irait pas tout seul, disait-elle. Il faut trouver autre chose, autrement il nous échappera.

Et on recommença à délibérer. Maman avait un avis ; l'abbé en soutenait un autre. J'en apportais un troisième.

Nous discutions à voix basse depuis une demi-heure peut-être quand un grand bruit de meubles remués et des cris poussés par mon oncle, plus véhéments et plus terribles encore que les premiers, nous firent nous dresser tous les quatre.

Nous entendions à travers les portes et les cloisons : « Dehors... dehors... manants... cuistres... dehors gredins... dehors... dehors... »

Mélanie se précipita, puis revint aussitôt m'appeler à l'aide. J'accourus. En face de mon oncle soulevé par la colère, presque debout et vociférant, deux hommes, l'un derrière l'autre, semblaient attendre qu'il fût mort de fureur.

À sa longue redingote ridicule, à ses longs souliers anglais, à son air d'instituteur sans place, à son col droit et à sa cravate blanche, à ses cheveux plats, à sa figure humble de faux prêtre d'une religion bâtarde, je reconnus aussitôt le premier pour un pasteur protestant.

Le second était le concierge de la maison qui, appartenant au culte réformé, nous avait suivis, avait vu notre défaite, et avait couru chercher son prêtre à lui, dans l'espoir d'un meilleur sort.

Mon oncle semblait fou de rage ! Si la vue du prêtre catholique, du prêtre de ses ancêtres, avait irrité le marquis de Fumerol devenu libre-penseur, l'aspect du ministre de son portier le mettait tout à fait hors de lui.

Je saisis par les bras les deux hommes et je les jetai dehors si brusquement qu'ils s'embrassèrent avec violence deux fois de suite au passage des deux portes qui conduisaient à l'escalier.

Puis je disparus à mon tour et je rentrai dans la cuisine, notre quartier général, afin de prendre conseil de ma mère et de l'abbé.

Mais Mélanie, effarée, rentra en gémissant : « Il meurt... il meurt... venez vite... il meurt... »

Ma mère s'élança. Mon oncle était tombé par terre, tout au long sur le parquet, et il ne remuait plus. Je crois bien qu'il était mort.

Maman fut superbe à cet instant-là. Elle marcha droit sur les deux filles agenouillées auprès du corps et qui cherchaient à le soulever. Et leur montrant la porte avec une autorité, une dignité, une majesté irrésistibles, elle prononça :

– C'est à vous de sortir, maintenant.

Et elles sortirent, sans protester, sans dire un mot. Il faut ajouter que je me disposais à les expulser avec la même vivacité que le pasteur et le concierge.

Alors l'abbé Poivron administra mon oncle avec toutes les prières d'usage et lui remit ses péchés.

Maman sanglotait, prosternée près de son frère.

Tout à coup elle s'écria :

— Il m'a reconnue. Il m'a serré la main. Je suis sûre qu'il m'a reconnue ! ! !... et qu'il m'a remerciée ! oh, mon Dieu ! quelle joie !

Pauvre maman ! Si elle avait compris ou deviné à qui et à quoi ce remerciement-là devait s'adresser !

On coucha l'oncle sur son lit. Il était bien mort cette fois.

— Madame, dit Mélanie, nous n'avons pas de draps pour l'ensevelir. Tout le linge appartient à ces demoiselles.

Moi je regardais l'omelette qu'elles n'avaient point fini de manger, et j'avais, en même temps, envie de pleurer et de rire. Il y a de drôles d'instants et de drôles de sensations, parfois, dans la vie !

Or, nous avons fait à mon oncle des funérailles magnifiques, avec cinq discours sur la tombe. Le sénateur baron de Croisselles a prouvé, en termes admirables, que Dieu toujours rentre victorieux dans les âmes de race un instant égarées. Tous les membres du parti royaliste et catholique suivaient le convoi avec un enthousiasme de triomphateurs, en parlant de cette belle mort après cette vie un peu troublée.

Le vicomte Roger s'était tu. On riait autour de lui. Quelqu'un dit : « Bah ! c'est là l'histoire de toutes les conversions *in extremis*. »

Le signe

La petite marquise de Rennedon dormait encore, dans sa chambre close et parfumée, dans son grand lit doux et bas, dans ses draps de batiste légère, fine comme une dentelle, caressants comme un baiser ; elle dormait seule, tranquille, de l'heureux et profond sommeil des divorcées.

Des voix la réveillèrent qui parlaient vivement dans le petit salon bleu. Elle reconnut son amie chère, la petite baronne de Grangerie, se disputant pour entrer avec la femme de chambre qui défendait la porte de sa maîtresse.

Alors la petite marquise se leva, tira les verrous, tourna la serrure, souleva la portière et montra sa tête, rien que sa tête blonde, cachée sous un nuage de cheveux :

– Qu'est-ce que tu as, dit-elle, à venir si tôt ? Il n'est pas encore neuf heures.

La petite baronne, très pâle, nerveuse, fiévreuse, répondit :

– Il faut que je te parle. Il m'arrive une chose horrible.

– Entre, ma chérie.

Elle entra, elles s'embrassèrent ; et la petite marquise se recoucha pendant que la femme de chambre ouvrait les fenêtres, donnait de l'air et du jour. Puis, quand la domestique fut partie, Mme de Rennedon reprit : « Allons, raconte. »

Mme de Grangerie se mit à pleurer, versant ces jolies larmes claires qui rendent plus charmantes les femmes, et elle balbutiait sans s'essuyer les yeux pour ne point les rougir : « Oh ! ma chère, c'est abominable, abominable, ce qui m'arrive. Je n'ai pas dormi de la nuit, mais pas une minute ; tu entends, pas une minute. Tiens, tâte mon cœur, comme il bat. »

Et, prenant la main de son amie, elle la posa sur sa poitrine, sur cette ronde et ferme enveloppe du cœur des femmes, qui suffit souvent aux hommes et les empêche de rien chercher dessous. Son cœur battait fort, en effet.

Elle continua :

– Ça m'est arrivé hier dans la journée... vers quatre heures... ou quatre heures et demie. Je ne sais pas au juste. Tu connais bien mon appartement, tu sais que mon petit salon, celui où je me tiens toujours, donne sur la rue Saint-Lazare, au premier ; et que j'ai la manie de me mettre à la fenêtre pour regarder passer les gens. C'est si gai, ce quartier de la gare, si remuant, si vivant... Enfin, j'aime ça ! Donc hier, j'étais assise sur la chaise basse que je me suis fait installer dans l'embrasure de ma fenêtre ; elle était ouverte, cette fenêtre, et je ne pensais à rien ; je respirais l'air bleu. Tu te rappelles comme il faisait beau, hier !

« Tout à coup je remarque que, de l'autre côté de la rue, il y a aussi une femme à la fenêtre, une femme en rouge ; moi j'étais en mauve, tu sais, ma jolie toilette mauve. Je ne la connaissais pas cette femme, une nouvelle locataire, installée depuis un mois ; et comme il pleut depuis un mois, je ne l'avais point vue encore. Mais je m'aperçus tout de suite que c'était une vilaine fille. D'abord je fus très dégoûtée et très choquée qu'elle fût à la fenêtre comme moi ; et puis, peu à peu, ça m'amusa de l'examiner. Elle était accoudée, et elle guettait les hommes, et les hommes aussi la regardaient, tous ou presque tous. On aurait dit qu'ils étaient prévenus par quelque chose en approchant de la maison, qu'ils la flairaient comme les chiens flairent le gibier, car ils levaient soudain la tête et échangeaient bien vite un regard avec elle, un regard de franc-maçon. Le sien disait : « Voulez-vous ? »

« Le leur répondait : « Pas le temps », ou bien : « Une autre fois », ou bien : « Pas le sou », ou bien : « Veux-tu te cacher, misérable ! » C'étaient les yeux des pères de famille qui disaient cette dernière phrase.

« Tu ne te figures pas comme c'était drôle de la voir faire son manège ou plutôt son métier.

« Quelquefois elle fermait brusquement la fenêtre et je voyais un monsieur tourner sous la porte. Elle l'avait pris, celui-là, comme un pêcheur à la ligne prend un goujon. Alors je commençais à regarder ma montre. Ils restaient de douze à vingt minutes, jamais plus. Vraiment, elle me passionnait, à la fin, cette araignée. Et puis elle n'était pas laide, cette fille.

« Je me demandais : Comment fait-elle pour se faire comprendre si bien, si vite, complètement. Ajoute-t-elle à son regard un signe de tête ou un mouvement de main ?

« Et je pris ma lunette de théâtre pour me rendre compte de son procédé. Oh ! il était bien simple : un coup d'œil d'abord, puis un sourire, puis un tout petit geste de tête qui voulait dire : « Montez-vous ? » Mais si léger, si vague, si discret, qu'il fallait vraiment beaucoup de chic pour le réussir comme elle.

« Et je me demandais : Est-ce que je pourrais le faire aussi bien, ce petit coup de bas en haut, hardi et gentil ; car il était très gentil, son geste.

« Et j'allai l'essayer devant la glace. Ma chère, je le faisais mieux qu'elle, beaucoup mieux ! J'étais enchantée ; et je revins me mettre à la fenêtre.

« Elle ne prenait plus personne, à présent, la pauvre fille, plus personne. Vraiment elle n'avait pas de chance. Comme ça doit être terrible tout de même de gagner son pain de cette façon-là, terrible et amusant quelquefois, car enfin il y en a qui ne sont pas mal, de ces hommes qu'on rencontre dans la rue.

« Maintenant ils passaient tous sur mon trottoir et plus un seul sur le sien. Le soleil avait tourné. Ils arrivaient les uns derrière les autres, des jeunes, des vieux, des noirs, des blonds, des gris, des blancs.

« J'en voyais de très gentils, mais très gentils, ma chère, bien mieux que mon mari, et que le tien, ton ancien mari, puisque tu es divorcée. Maintenant tu peux choisir.

« Je me disais : Si je leur faisais le signe, est-ce qu'ils me comprendraient, moi, moi qui suis une honnête femme ? Et voilà que je suis prise d'une envie folle de le leur faire ce signe, mais d'une envie, d'une envie de femme grosse... d'une envie épouvantable, tu sais, de ces envies... auxquelles on ne peut pas résister ! J'en ai quelquefois comme ça, moi. Est-ce bête, dis, ces choses-là ! Je crois que nous avons des âmes de singes, nous autres femmes. On m'a affirmé du reste (c'est un médecin qui m'a dit ça) que le cerveau du singe ressemblait beaucoup au nôtre. Il faut toujours que nous imitions quelqu'un. Nous imitons nos maris, quand nous les aimons, dans le premier mois des noces, et puis nos amants ensuite, nos amies, nos confesseurs, quand ils sont bien. Nous prenons leurs manières de penser, leurs manières de dire, leurs mots, leurs gestes, tout. C'est stupide.

« Enfin, moi quand je suis trop tentée de faire une chose, je la fais toujours.

« Je me dis donc : Voyons, je vais essayer sur un, sur un seul, pour voir. Qu'est-ce qui peut m'arriver ? Rien ! Nous échangerons un sourire, et voilà tout, et je ne le reverrai jamais ; et si je le vois il ne me reconnaîtra pas ; et s'il me reconnaît je nierai, parbleu.

« Je commence donc à choisir. J'en voulais un qui fût bien, très bien. Tout à coup je vois venir un grand blond, très joli garçon. J'aime les blonds, tu sais.

« Je le regarde. Il me regarde. Je souris, il sourit ; je fais le geste ; oh ! à peine, à peine, il répond « oui » de la tête et le voilà qui entre, ma chérie ! Il entre par la grande porte de la maison.

« Tu ne te figures pas ce qui s'est passé en moi à ce moment-là ! J'ai cru que j'allais devenir folle ! Oh ! quelle peur ! Songe, il allait parler aux domestiques ! À Joseph qui est tout dévoué à mon mari ! Joseph aurait cru certainement que je connaissais ce monsieur depuis longtemps.

« Que faire ? dis ? Que faire ? Et il allait sonner, tout à l'heure, dans une seconde. Que faire, dis ? J'ai pensé que le mieux était de courir à sa rencontre, de lui dire qu'il se trompait, de le supplier de s'en aller. Il aurait pitié d'une femme, d'une pauvre femme ! Je me précipite donc à la porte et je l'ouvre juste au moment où il posait la main sur le timbre.

« Je balbutiai, tout à fait folle : « Allez-vous-en, monsieur, allez-vous-en, vous vous trompez, je suis une honnête femme, une femme mariée. C'est une erreur, une affreuse erreur ; je vous ai pris pour un de mes amis à qui vous ressemblez beaucoup. Ayez pitié de moi, monsieur. »

« Et voilà qu'il se met à rire, ma chère, et il répond : « Bonjour, ma chatte. Tu sais, je la connais, ton histoire. Tu es mariée, c'est deux louis au lieu d'un. Tu les auras. Allons montre-moi la route. »

« Et il me pousse ; il referme la porte, et comme je demeurais, épouvantée, en face de lui, il m'embrasse, me prend par la taille et me fait rentrer dans le salon qui était resté ouvert.

« Et puis, il se met à regarder tout comme un commissaire-priseur, et il reprend : « Bigre, c'est gentil, chez toi, c'est très chic. Faut que tu sois rudement dans la dèche en ce moment-ci pour faire la fenêtre ! »

« Alors, moi, je recommence à le supplier : « Oh ! monsieur, allez-vous-en ! allez-vous-en ! Mon mari va rentrer ! Il va rentrer dans un instant, c'est son heure ! Je vous jure que vous vous trompez ! »

« Et il me répond tranquillement : « Allons, ma belle, assez de manières comme ça. Si ton mari rentre, je lui donnerai cent sous pour aller prendre quelque chose en face. »

« Comme il aperçoit sur la cheminée la photographie de Raoul, il me demande :

« – C'est ça, ton... ton mari ?

« – Oui, c'est lui.

« – Il a l'air d'un joli mufle. Et ça, qu'est-ce que c'est ? Une de tes amies ?

« C'était ta photographie, ma chère, tu sais celle en toilette de bal. Je ne savais plus ce que je disais, je balbutiai :

« – Oui, c'est une de mes amies.

« – Elle est très gentille. Tu me la feras connaître.

« Et voilà la pendule qui se met à sonner cinq heures ; et Raoul rentre tous les jours à cinq heures et demie ! S'il revenait avant que l'autre fût parti, songe donc ! Alors... alors... j'ai perdu la tête... tout à fait... j'ai pensé... j'ai pensé... que... que le mieux... était de... de... de... me débarrasser de cet homme le... le plus vite possible... Plus tôt ce serait fini... tu comprends... et... et voilà... voilà... puisqu'il le fallait... et il le fallait, ma chère... il ne serait pas parti sans ça... Donc j'ai... j'ai... j'ai mis le verrou à la porte du salon... Voilà. »

La petite marquise de Rennedon s'était mise à rire, mais à rire follement, la tête dans l'oreiller, secouant son lit tout entier.

Quand elle se fut un peu calmée, elle demanda :

– Et... et... il était joli garçon ?

– Mais oui.

– Et tu te plains ?

– Mais... mais... vois-tu, ma chère, c'est que... il a dit... qu'il reviendrait demain... à la même heure... et j'ai... j'ai une peur atroce... Tu n'as pas idée comme il est tenace... et volontaire... Que faire... dis... que faire ?

La petite marquise s'assit dans son lit pour réfléchir ; puis elle déclara brusquement :

– Fais-le arrêter.

La petite baronne fut stupéfaite. Elle balbutia :

– Comment ? Tu dis ? À quoi penses-tu ? Le faire arrêter ? Sous quel prétexte ?

– Oh ! c'est bien simple. Tu vas aller chez le commissaire ; tu lui diras qu'un monsieur te suit depuis trois mois ; qu'il a eu l'insolence de monter chez toi hier ; qu'il t'a menacée d'une nouvelle visite pour demain, et que tu demandes protection à la loi. On te donnera deux agents qui l'arrêteront.

– Mais, ma chère, s'il raconte...

– Mais on ne le croira pas, sotte, du moment que tu auras bien arrangé ton histoire au commissaire. Et on te croira, toi, qui es une femme du monde irréprochable.

– Oh ! je n'oserai jamais.

– Il faut oser, ma chère, ou bien tu es perdue.

– Songe qu'il va... qu'il va m'insulter... quand on l'arrêtera.

– Eh bien, tu auras des témoins et tu le feras condamner.

– Condamner à quoi ?

– À des dommages. Dans ce cas, il faut être impitoyable !

– Ah ! à propos de dommages... il y a une chose qui me gêne beaucoup... mais beaucoup... Il m'a laissé... deux louis... sur la cheminée.

– Deux louis ?

– Oui.

— Pas plus ?

— Non.

— C'est peu. Ça m'aurait humiliée, moi. Eh bien ?

— Eh bien ! qu'est-ce qu'il faut faire de cet argent ?

La petite marquise hésita quelques secondes, puis répondit d'une voix sérieuse :

— Ma chère... Il faut faire... Il faut faire... un petit cadeau à ton mari... ça n'est que justice.

Le diable

Le paysan restait debout en face du médecin, devant le lit de la mourante. La vieille, calme, résignée, lucide, regardait les deux hommes et les écoutait causer. Elle allait mourir ; elle ne se révoltait pas, son temps était fini, elle avait quatre-vingt-douze ans.

Par la fenêtre et la porte ouvertes, le soleil de juillet entrait à flots, jetait sa flamme chaude sur le sol de terre brune, onduleux et battu par les sabots de quatre générations de rustres. Les odeurs des champs venaient aussi, poussées par la brise cuisante, odeurs des herbes, des blés, des feuilles, brûlés sous la chaleur de midi. Les sauterelles s'égosillaient, emplissaient la campagne d'un crépitement clair, pareil au bruit des criquets de bois qu'on vend aux enfants dans les foires.

Le médecin, élevant la voix, disait :

– Honoré, vous ne pouvez pas laisser votre mère toute seule dans cet état-là. Elle passera d'un moment à l'autre !

Et le paysan, désolé, répétait :

– Faut pourtant que j'rentre mon blé ; v'là trop longtemps qu'il est à terre. L'temps est bon, justement. Qué qu't'en dis, ma mé ?

Et la vieille mourante, tenaillée encore par l'avarice normande, faisait « oui » de l'œil et du front, engageait son fils à rentrer son blé et à la laisser mourir toute seule.

Mais le médecin se fâcha et, tapant du pied :

— Vous n'êtes qu'une brute, entendez-vous, et je ne vous permettrai pas de faire ça, entendez-vous ! Et, si vous êtes forcé de rentrer votre blé aujourd'hui même, allez chercher la Rapet, parbleu ! et faites-lui garder votre mère. Je le veux, entendez-vous ! Et si vous ne m'obéissez pas, je vous laisserai crever comme un chien, quand vous serez malade à votre tour, entendez-vous ?

Le paysan, un grand maigre, aux gestes lents, torturé par l'indécision, par la peur du médecin et par l'amour féroce de l'épargne, hésitait, calculait, balbutiait :

— Comben qu'é prend, la Rapet, pour une garde ?

Le médecin criait :

— Est-ce que je sais, moi ? Ça dépend du temps que vous lui demanderez. Arrangez-vous avec elle, morbleu ! Mais je veux qu'elle soit ici dans une heure, entendez-vous ?

L'homme se décida :

— J'y vas, j'y vas ; vous fâchez point, m'sieu l'médecin.

Et le docteur s'en alla, en appelant :

— Vous savez, vous savez, prenez garde, car je ne badine pas quand je me fâche, moi !

Dès qu'il fut seul, le paysan se tourna vers sa mère, et, d'une voix résignée :

— J'vas quéri la Rapet, pisqu'il veut, c't'homme. T'éluge point tant qu' je r'vienne.

Et il sortit à son tour.

La Rapet, une vieille repasseuse, gardait les morts et les mourants de la commune et des environs. Puis, dès qu'elle avait cousu ses clients dans le drap dont ils ne devaient plus sortir, elle revenait prendre son fer dont elle frottait le linge des vivants. Ridée comme une pomme de l'autre année, méchante, jalouse, avare d'une avarice tenant du phénomène, courbée en deux comme si elle eût été cassée aux reins par l'éternel mouvement du fer promené sur les toiles, on eût dit qu'elle avait pour l'agonie une sorte d'amour monstrueux et cynique. Elle ne parlait jamais que des gens qu'elle avait vus mourir, de toutes les variétés de trépas auxquelles elle avait assisté ; et elle les racontait avec une grande minutie de détails toujours pareils, comme un chasseur raconte ses coups de fusil.

Quand Honoré Bontemps entra chez elle, il la trouva préparant de l'eau bleue pour les collerettes des villageoises.

Il dit :

– Allons, bonsoir ; ça va-t-il comme vous voulez, la mé Rapet ?

Elle tourna vers lui la tête :

– Tout d'même, tout d'même. Et d' vot' part ?

– Oh ! d' ma part, ça va-t-à volonté, mais c'est ma mé qui n'va point.

– Vot' mé ?

– Oui, ma mé !

– Qué qu'alle a votre mé ?

– All' a qu'a va tourner d'l'œil !

La vieille femme retira ses mains de l'eau, dont les gouttes, bleuâtres et transparentes, lui glissaient jusqu'au bout des doigts, pour retomber dans le baquet.

Elle demanda, avec une sympathie subite :

– All' est si bas qu'ça ?

– L'médecin dit qu'all' n'passera point la r'levée.

– Pour sûr qu'alle est bas alors !

Honoré hésita. Il lui fallait quelques préambules pour la proposition qu'il préparait. Mais, comme il ne trouvait rien, il se décida tout d'un coup :

– Comben qu' vous m' prendrez pour la garder jusqu'au bout ? Vô savez que j'sommes point riche. J'peux seulement point m'payer eune servante. C'est ben ça qui l'a mise là, ma pauv' mé, trop d'élugement, trop d'fatigue ! A travaillait comme dix, nonobstant ses quatre-vingt-douze. On n'en fait pu de c'te graine-là !...

La Rapet répliqua gravement :

– Y a deux prix : quarante sous l'jour, et trois francs la nuit pour les riches. Vingt sous l'jour et quarante la nuit pour l'zautres. Vô m'donnerez vingt et quarante.

Mais le paysan réfléchissait. Il la connaissait bien, sa mère. Il savait comme elle était tenace, vigoureuse, résistante. Ça pouvait durer huit jours, malgré l'avis du médecin.

Il dit résolument :

– Non. J'aime ben qu'vô me fassiez un prix, là, un prix pour jusqu'au bout. J'courrons la chance d'part et d'autre. L'médecin dit qu'alle passera tantôt. Si ça s'fait tant mieux pour vous, tant pis pour mé. Ma si all' tient jusqu'à demain ou pu longtemps tant mieux pour mé, tant pis pour vous !

La garde, surprise, regardait l'homme. Elle n'avait jamais traité un trépas à forfait. Elle hésitait, tentée par l'idée d'une chance à courir. Puis elle soupçonna qu'on voulait la jouer.

– J'peux rien dire tant qu' j'aurai point vu vot' mé, répondit-elle.

– V'nez-y, la vé.

Elle essuya ses mains et le suivit aussitôt.

En route, ils ne parlèrent point. Elle allait d'un pied pressé, tandis qu'il allongeait ses grandes jambes comme s'il devait, à chaque pas, traverser un ruisseau.

Les vaches couchées dans les champs, accablées par la chaleur, levaient lourdement la tête et poussaient un faible meuglement vers ces deux gens qui passaient, pour leur demander de l'herbe fraîche.

En approchant de sa maison, Honoré Bontemps murmura :

– Si c'était fini, tout d'même ?

Et le désir inconscient qu'il en avait se manifesta dans le son de sa voix.

Mais la vieille n'était point morte. Elle demeurait sur le dos, en son grabat, les mains sur la couverture d'indienne violette, des mains affreusement maigres, nouées, pareilles à des bêtes étranges, à des crabes, et fermées par les rhumatismes, les fatigues, les besognes presque séculaires qu'elles avaient accomplies.

La Rapet s'approcha du lit et considéra la mourante. Elle lui tâta le pouls, lui palpa la poitrine, l'écouta respirer, la questionna pour l'entendre parler ; puis l'ayant encore longtemps contemplée, elle sortit suivie d'Honoré. Son opinion était assise. La vieille n'irait pas à la nuit. Il demanda :

– Hé ben ?

La garde répondit :

– Hé ben, ça durera deux jours, p'têt trois. Vous me donnerez six francs, tout compris.

Il s'écria :

– Six francs ! six francs ! Avez-vous perdu le sens ? Mé, je vous dis qu'elle en a pour cinq ou six heures, pas plus !

Et ils discutèrent longtemps, acharnés tous deux. Comme la garde allait se retirer, comme le temps passait, comme son blé ne se rentrerait pas tout seul, à la fin, il consentit :

– Eh ben, c'est dit, six francs, tout compris, jusqu'à la l'vée du corps.

– C'est dit, six francs.

Et il s'en alla, à longs pas, vers son blé couché sur le sol, sous le lourd soleil qui mûrit les moissons.

La garde rentra dans la maison.

Elle avait apporté de l'ouvrage ; car auprès des mourants et des morts elle travaillait sans relâche, tantôt pour elle, tantôt pour la famille qui l'employait à cette double besogne moyennant un supplément de salaire.

Tout à coup, elle demanda :

– Vous a-t-on administrée au moins, la mé Bontemps ?

La paysanne fit « non » de la tête ; et la Rapet, qui était dévote, se leva avec vivacité.

– Seigneur Dieu, c'est-il possible ? J'vas quérir m'sieur l'curé.

Et elle se précipita vers le presbytère, si vite, que les gamins, sur la place, la voyant trotter ainsi, crurent un malheur arrivé.

Le prêtre s'en vint aussitôt, en surplis, précédé de l'enfant de chœur qui sonnait une clochette pour annoncer le passage de Dieu dans la campagne brûlante et calme. Des hommes, qui travaillaient au loin, ôtaient leurs grands chapeaux et demeuraient immobiles en attendant que le blanc vêtement eût disparu derrière une ferme, les femmes qui ramassaient les gerbes se redressaient pour faire le signe de la croix, des poules noires, effrayées, fuyaient le long des fossés en se balançant sur leurs pattes jusqu'au trou, bien connu d'elles, où elles disparaissaient brusquement ; un poulain, attaché dans un pré, prit peur à la vue du surplis et se mit à tourner en rond, au bout de sa corde, en lançant des ruades. L'enfant de chœur, en jupe rouge, allait vite ; et le prêtre, la tête inclinée sur une épaule et coiffé de sa barrette carrée, le suivait en murmurant des prières ; et la Rapet venait derrière, toute penchée, pliée en deux, comme pour se prosterner en marchant, et les mains jointes, comme à l'église.

Honoré, de loin, les vit passer. Il demanda :

– Ousqu'i va, not' curé ?

Son valet, plus subtil, répondit :

– I porte l'bon Dieu à ta mé, pardi !

Le paysan ne s'étonna pas :

– Ça s'peut ben, tout d'même !

Et il se remit au travail.

La mère Bontemps se confessa, reçut l'absolution, communia ; et le prêtre s'en revint, laissant seules les deux femmes dans la chaumière étouffante.

Alors la Rapet commença à considérer la mourante, en se demandant si cela durerait longtemps.

Le jour baissait ; l'air plus frais entrait par souffles plus vifs, faisait voltiger contre le mur une image d'Épinal tenue par deux épingles ; les petits rideaux de la fenêtre, jadis blancs, jaunes maintenant et couverts de taches de mouche, avaient l'air de s'envoler, de se débattre, de vouloir partir, comme l'âme de la vieille.

Elle, immobile, les yeux ouverts, semblait attendre avec indifférence la mort si proche qui tardait à venir. Son haleine, courte, sifflait un peu dans sa gorge serrée. Elle s'arrêterait tout à l'heure, et il y aurait sur la terre une femme de moins, que personne ne regretterait.

À la nuit tombante, Honoré rentra. S'étant approché du lit, il vit que sa mère vivait encore, et il demanda :

– Ça va-t-il ?

Comme il faisait autrefois quand elle était indisposée.

Puis il renvoya la Rapet en lui recommandant :

– D'main, cinq heures, sans faute.

Elle répondit :

– D'main, cinq heures.

Elle arriva, en effet, au jour levant.

Honoré, avant de se rendre aux terres, mangeait sa soupe, qu'il avait faite lui-même.

La garde demanda :

– Eh ben, vot' mé a-t-all' passé ?

Il répondit, avec un pli malin au coin des yeux :

– All'va plutôt mieux.

Et il s'en alla.

La Rapet, saisie d'inquiétude, s'approcha de l'agonisante, qui demeurait dans le même état, oppressée et impassible, l'œil ouvert et les mains crispées sur sa couverture.

Et la garde comprit que cela pouvait durer deux jours, quatre jours, huit jours ainsi ; et une épouvante étreignit son cœur d'avare, tandis qu'une colère furieuse la soulevait contre ce finaud qui l'avait jouée et contre cette femme qui ne mourait pas.

Elle se mit au travail néanmoins et attendit, le regard fixé sur la face ridée de la mère Bontemps.

Honoré revint pour déjeuner ; il semblait content, presque goguenard ; puis il repartit. Il rentrait son blé, décidément, dans des conditions excellentes.

La Rapet s'exaspérait ; chaque minute écoulée lui semblait, maintenant, du temps volé, de l'argent volé. Elle avait envie, une envie folle de prendre par le cou cette vieille bourrique, cette vieille têtue, cette vieille obstinée, et d'arrêter, en serrant un peu, ce petit souffle rapide qui lui volait son temps et son argent.

Puis elle réfléchit au danger ; et, d'autres idées lui passant par la tête, elle se rapprocha du lit.

Elle demanda :

– Vos avez-t-il déjà vu l'Diable ?

La mère Bontemps murmura :

– Non.

Alors la garde se mit à causer, à lui conter des histoires pour terroriser son âme débile de mourante.

Quelques minutes avant qu'on expirât, le Diable apparaissait, disait-elle, à tous les agonisants. Il avait un balai à la main, une marmite sur la tête, et il poussait de grands cris. Quand on l'avait vu, c'était fini, on n'en avait plus que pour peu d'instants. Et elle énumérait tous ceux à qui le Diable était apparu devant elle, cette année-là : Joséphin Loisel, Eulalie Ratier, Sophie Padagnau, Séraphine Grospied.

La mère Bontemps, émue enfin, s'agitait, remuait les mains, essayait de tourner la tête pour regarder au fond de la chambre.

Soudain la Rapet disparut au pied du lit. Dans l'armoire, elle prit un drap et s'enveloppa dedans ; elle se coiffa de la marmite, dont les trois pieds courts et courbés se dressaient ainsi que trois cornes ; elle saisit un balai de sa main droite, et, de la main gauche, un seau de fer-blanc, qu'elle jeta brusquement en l'air pour qu'il retombât avec bruit.

Il fit, en heurtant le sol, un fracas épouvantable ; alors, grimpée sur une chaise, la garde souleva le rideau qui pendait au bout du lit, et elle apparut, gesticulant, poussant des clameurs aiguës au fond du pot de fer qui lui cachait la face, et menaçant de son balai, comme un diable de guignol, la vieille paysanne à bout de vie.

Éperdue, le regard fou, la mourante fit un effort surhumain pour se soulever et s'enfuir ; elle sortit même de sa couche ses épaules et sa poitrine ; puis elle retomba avec un grand soupir. C'était fini.

Et la Rapet, tranquillement, remit en place tous les objets, le balai au coin de l'armoire, le drap dedans, la marmite sur le foyer, le seau sur la planche et la chaise contre le mur. Puis, avec les gestes professionnels, elle ferma les yeux énormes de la morte, posa sur le lit une assiette, versa dedans l'eau du bénitier, y trempa le buis cloué sur la commode et, s'agenouillant, se mit à réciter avec ferveur les prières des trépassés qu'elle savait par cœur, par métier.

Et quand Honoré rentra, le soir venu, il la trouva priant, et il calcula tout de suite qu'elle gagnait encore vingt sous sur lui, car elle n'avait passé que trois jours et une nuit, ce qui faisait en tout cinq francs, au lieu de six qu'il lui devait.

Les Rois

– Ah ! dit le capitaine comte de Garens, je crois bien que je me le rappelle, ce souper des Rois, pendant la guerre !

J'étais alors maréchal des logis de hussards, et depuis quinze jours rôdant en éclaireur, en face d'une avant-garde allemande. La veille, nous avions sabré quelques uhlans et perdu trois hommes, dont ce pauvre petit Raudeville. Vous vous rappelez bien, Joseph de Raudeville.

Or, ce jour-là, mon capitaine m'ordonna de prendre dix cavaliers et d'aller occuper et de garder toute la nuit le village de Porterin, où l'on s'était battu cinq fois en trois semaines. Il ne restait pas vingt maisons debout ni douze habitants dans ce guêpier.

Je pris donc dix cavaliers et je partis vers quatre heures. À cinq heures, en pleine nuit, nous atteignîmes les premiers murs de Porterin. Je fis halte et j'ordonnai à Marchas, vous savez bien, Pierre de Marchas qui a épousé depuis la petite Martel-Auvelin, la fille du marquis de Martel-Auvelin, d'entrer tout seul dans le village et de m'apporter des nouvelles.

Je n'avais choisi que des volontaires, tous de bonne famille. Ça fait plaisir, dans le service, de ne pas tutoyer des mufles. Ce Marchas était dégourdi comme pas un, fin comme un renard et souple comme un serpent. Il savait éventer des Prussiens ainsi qu'un chien évente un lièvre, trouver des vivres là où nous serions morts de faim sans lui, et il obtenait des renseignements de tout le monde, des renseignements toujours sûrs, avec une adresse inimaginable.

Il revint au bout de dix minutes :

– Ça va bien, dit-il ; aucun Prussien n'a passé par ici depuis trois jours. Il est sinistre, ce village. J'ai causé avec une bonne sœur qui garde quatre ou cinq malades dans un couvent abandonné.

J'ordonnai d'aller de l'avant, et nous pénétrâmes dans la rue principale. On apercevait vaguement à droite, à gauche, des murs sans toit, à peine visibles dans la nuit profonde. De place en place, une lumière brillait derrière une vitre : une famille était restée pour garder sa demeure à peu près debout, une famille de braves ou de pauvres. La pluie commençait à tomber, une pluie menue, glacée, qui nous gelait avant de nous avoir mouillés, rien qu'en touchant les manteaux. Les chevaux trébuchaient sur des pierres, sur des poutres, sur des meubles. Marchas nous guidait, à pied, devant nous, et traînant sa bête par la bride.

– Où nous mènes-tu ? lui demandai-je.

Il répondit :

– J'ai un gîte, un bon.

Et il s'arrêta bientôt devant une petite maison bourgeoise demeurée entière, bien close, bâtie sur la rue, avec un jardin derrière.

Au moyen d'un gros caillou ramassé près de la grille, Marchas fit sauter la serrure, puis il gravit le perron, défonça la porte d'entrée à coups de pied et à coups d'épaule, alluma un bout de bougie qu'il avait toujours en poche, et nous précéda dans un bon et confortable logis de particulier riche, en nous guidant avec assurance, avec une assurance admirable, comme s'il avait vécu dans cette maison qu'il voyait pour la première fois.

Deux hommes restés dehors gardaient nos chevaux.

Marchas dit au gros Ponderel, qui le suivait :

– Les écuries doivent être à gauche ; j'ai vu ça en entrant ; va donc y loger les bêtes, dont nous n'avons pas besoin.

Puis, se tournant vers moi :

– Donne des ordres, sacrebleu !

Il m'étonnait toujours, ce gaillard-là. Je répondis en riant :

– Je vais placer mes sentinelles aux abords du pays. Je te retrouverai ici.

Il demanda :

– Combien prends-tu d'hommes ?

– Cinq. Les autres les relèveront à dix heures du soir.

– Bon. Tu m'en laisses quatre pour faire les provisions, la cuisine, et mettre la table. Moi, je trouverai la cachette au vin.

Et je m'en allai reconnaître les rues désertes jusqu'à la sortie sur la plaine, pour y placer mes factionnaires.

Une demi-heure plus tard, j'étais de retour. Je trouvai Marchas étendu dans un grand fauteuil Voltaire, dont il avait ôté la housse, par amour du luxe, disait-il. Il se chauffait les pieds au feu, en fumant un cigare excellent dont le parfum emplissait la pièce. Il était seul, les coudes sur les bras du siège, la tête entre les épaules, les joues roses, l'œil brillant, l'air enchanté.

Dans la pièce voisine, j'entendais un bruit de vaisselle. Marchas me dit en souriant d'une façon béate :

– Ça va, j'ai trouvé le bordeaux dans le poulailler, le champagne sous les marches du perron, l'eau-de-vie, – cinquante bouteilles de vraie fine – dans le potager, sous un poirier qui, vu à la lanterne, ne m'a pas semblé droit. Comme solide, nous avons deux poules, une oie, un canard, trois pigeons et un merle cueilli dans une cage, rien que de la plume, comme tu vois. Tout ça cuit en ce moment. Ce pays est excellent.

Je m'étais assis en face de lui. La flamme de la cheminée me grillait le nez et les joues.

– Où as-tu trouvé ce bois-là ? demandai-je.

Il murmura :

– Bois magnifique, voiture de maître, coupé. C'est la peinture qui donne cette flambée, un punch d'essence et de vernis. Bonne maison !

Je riais, tant je le trouvais drôle, l'animal. Il reprit :

– Dire que c'est jour des Rois ! J'ai fait mettre une fève dans l'oie ; mais pas de reine, c'est embêtant, ça !

Je répétai, comme un écho :

– C'est embêtant ; mais que veux-tu que j'y fasse, moi ?

– Que tu en trouves, parbleu !

— De quoi ?

— Des femmes.

— Des femmes ?... Tu es fou ?

— J'ai bien trouvé l'eau-de-vie sous un poirier, moi, et le champagne sous les marches du perron ; et rien ne pouvait me guider encore. — Tandis que, pour toi, une jupe c'est un indice certain. Cherche, mon vieux.

Il avait l'air si grave, si sérieux, si convaincu que je ne savais plus s'il plaisantait.

Je répondis :

— Voyons, Marchas, tu blagues ?

— Je ne blague jamais dans le service.

— Mais où diable veux-tu que j'en trouve, des femmes ?

— Où tu voudras. Il doit en rester deux ou trois dans le pays. Déniche et apporte.

Je me levai. Il faisait trop chaud devant ce feu. Marchas reprit :

— Veux-tu une idée ?

— Oui.

— Va trouver le curé.

— Le curé ? Pour quoi faire ?

— Invite-le à souper et prie-le d'amener une femme.

– Le curé ! Une femme ! Ah ! ah ! ah !

Marchas reprit avec une extraordinaire gravité :

– Je ne ris pas. Va trouver le curé, raconte-lui notre situation. Il doit s'embêter affreusement, il viendra. Mais dis-lui qu'il nous faut une femme au minimum, une femme comme il faut, bien entendu, puisque nous sommes tous des hommes du monde. Il doit connaître ses paroissiennes sur le bout du doigt. S'il y en a une possible pour nous, et si tu t'y prends bien, il te l'indiquera.

– Voyons, Marchas ? À quoi penses-tu ?

– Mon cher Garens, tu peux faire ça très bien. Ce serait même très drôle. Nous savons vivre, parbleu, et nous serons d'une distinction parfaite, d'un chic extrême. Nomme-nous à l'abbé, fais-le rire, attendris-le, séduis-le et décide-le !

– Non, c'est impossible.

Il rapprocha son fauteuil et, comme il connaissait mes côtés faibles, le gredin reprit :

– Songe donc comme ce serait crâne à faire et amusant à raconter. On en parlerait dans toute l'armée. Ça te ferait une rude réputation.

J'hésitais, tenté par l'aventure. Il insista :

– Allons, mon petit Garens. Tu es chef de détachement, toi seul peux aller trouver le chef de l'Église en ce pays. Je t'en prie, vas-y. Je raconterai la chose en vers, dans la *Revue des Deux Mondes*, après la guerre, je te le promets. Tu dois bien ça à tes hommes. Tu les fais assez marcher depuis un mois.

Je me levai en demandant :

– Où est le presbytère ?

– Tu prends la seconde rue à gauche. Au bout, tu trouveras une avenue ; et, au bout de l'avenue, l'église. Le presbytère est à côté.

Je sortais ; il me cria :

– Dis-lui le menu pour lui donner faim !

Je découvris sans peine la petite maison de l'ecclésiastique, à côté d'une grande vilaine église de briques. Je frappai à coups de poing dans la porte, qui n'avait ni sonnette ni marteau, et une voix forte demanda de l'intérieur :

– Qui va là ?

Je répondis :

– Maréchal des logis de hussards.

J'entendis un bruit de verrous et de clef tournée, et je me trouvai en face d'un grand prêtre à gros ventre, avec une poitrine de lutteur, des mains formidables sortant de manches retroussées, un teint rouge et un air brave homme.

Je fis le salut militaire.

– Bonjour, monsieur le curé.

Il avait craint une surprise, une embûche de rôdeurs, et il sourit en répondant :

– Bonjour, mon ami ; entrez.

Je le suivis dans une petite chambre à pavés rouges, où brûlait un maigre feu, bien différent du brasier de Marchas.

Il me montra une chaise, et puis me dit :

– Qu'y a-t-il pour votre service ?

– Monsieur l'abbé, permettez-moi d'abord de me présenter.

Et je lui tendis ma carte.

Il la reçut et lut à mi-voix :

« Le comte de Garens. »

Je repris :

– Nous sommes ici onze, monsieur l'abbé, cinq en grand-garde et six installés chez un habitant inconnu. Ces six-là se nomment Garens, ici présent, Pierre de Marchas, Ludovic de Ponderel, le baron d'Étreillis, Karl Massouligny, le fils du peintre, et Joseph Herbon, un jeune musicien. Je viens, en leur nom et au mien, vous prier de nous faire l'honneur de souper avec nous. C'est un souper des Rois, monsieur le curé, et nous voudrions le rendre un peu gai.

Le prêtre souriait. Il murmura :

– Il me semble que ce n'est guère l'occasion de s'amuser.

Je répondis :

– Nous nous battons tous les jours, monsieur. Quatorze de nos camarades sont morts depuis un mois, et trois sont restés par terre, hier encore. C'est la guerre. Nous jouons notre vie à tout instant, n'avons-nous pas le droit de la jouer gaiement ? Nous sommes Français, nous aimons rire, nous savons rire partout. Nos pères riaient bien sur l'échafaud ! Ce soir, nous voudrions nous dégourdir un peu, en gens comme il faut et non pas en soudards, vous me comprenez. Avons-nous tort ?

Il répondit vivement :

– Vous avez raison, mon ami, et j'accepte avec grand plaisir votre invitation.

Il cria :

– Hermance !

Une vieille paysanne, tordue, ridée, horrible, apparut et demanda :

– Qué qui a ?

– Je ne dîne pas ici, ma fille.

– Où que vous dînez donc ?

– Avec MM. les hussards.

J'eus envie de dire : « Amenez votre bonne », pour voir la tête de Marchas, mais je n'osai point.

Je repris :

– Parmi vos paroissiens restés dans le village, en voyez-vous quelqu'un ou quelqu'une que je puisse inviter aussi ?

Il hésita, chercha et déclara :

– Non, personne !

J'insistai :

– Personne !... Voyons, monsieur le curé, cherchez. Ce serait très galant d'avoir des dames. Je m'entends, des ménages ! Est-ce que je sais, moi ? Le boulanger avec sa femme, l'épicier, le... le... le... l'horloger... le... le cordonnier... le... le pharmacien avec la pharmacienne... Nous avons un bon repas, du vin, et serions enchantés de laisser un bon souvenir aux gens d'ici.

Le curé médita longtemps encore, puis prononça avec résolution :

– Non, personne.

Je me mis à rire :

– Sacristi ! monsieur le curé, c'est ennuyeux de n'avoir pas une reine, car nous avons une fève. Voyons, cherchez. Il n'y a pas un maire marié, un adjoint marié, un conseiller municipal marié, un instituteur marié ?...

– Non, toutes les dames sont parties.

– Quoi, il n'y a pas dans tout le pays une brave bourgeoise avec son bourgeois de mari, à qui nous pourrions faire ce plaisir, car ce serait un plaisir pour eux, un grand, dans les circonstances présentes ?

Mais tout à coup le curé se mit à rire, d'un rire violent qui le secouait tout entier, et il criait :

– Ah ! ah ! ah ! j'ai votre affaire, Jésus, Marie, j'ai votre affaire ! Ah ! ah ! ah ! nous allons rire, mes enfants, nous allons rire. Et elles seront bien contentes, allez, bien contentes, ah ! ah !... Où gîtez-vous ?

J'expliquai la maison en la décrivant. Il comprit :

— Très bien. C'est la propriété de M. Bertin-Lavaille. J'y serai dans une demi-heure avec quatre dames ! ! ! Ah ! ah ! ah ! quatre dames ! ! !...

Il sortit avec moi, riant toujours, et me quitta, en répétant :

— Ça va ; dans une demi-heure, maison Bertin-Lavaille.

Je rentrai vite, très étonné, très intrigué.

— Combien de couverts ? demanda Marchas en m'apercevant.

— Onze. Nous sommes six hussards, plus M. le curé et quatre dames.

Il fut stupéfait. Je triomphais.

Il répétait :

— Quatre dames ! Tu dis : quatre dames ?

— Je dis : quatre dames.

— De vraies femmes ?

— De vraies femmes.

— Bigre ! Mes compliments !

— Je les accepte. Je les mérite.

Il quitta son fauteuil, ouvrit la porte et j'aperçus une belle nappe blanche jetée sur une longue table autour de laquelle trois hussards en tablier bleu disposaient des assiettes et des verres.

– Il y aura des femmes ! cria Marchas.

Et les trois hommes se mirent à danser en applaudissant de toute leur force.

Tout était prêt. Nous attendions. Nous attendîmes près d'une heure. Une odeur délicieuse de volailles rôties flottait dans toute la maison.

Un coup frappé contre le volet nous souleva tous en même temps. Le gros Ponderel courut ouvrir, et, au bout d'une minute à peine, une petite bonne Sœur apparut dans l'encadrement de la porte. Elle était maigre, ridée, timide, et saluait coup sur coup les quatre hussards effarés qui la regardaient entrer. Derrière elle, un bruit de bâtons martelait le pavé du vestibule, et dès qu'elle eut pénétré dans le salon, j'aperçus, l'une suivant l'autre, trois vieilles têtes en bonnet blanc, qui s'en venaient en se balançant avec des mouvements différents, l'une chavirant à droite, tandis que l'autre chavirait à gauche. Et, trois bonnes femmes se présentèrent, boitant, traînant la jambe, estropiées par les maladies et déformées par la vieillesse, trois infirmes hors de service, les trois seules pensionnaires capables de marcher encore de l'établissement hospitalier que dirigeait la Sœur Saint-Benoît.

Elle s'était retournée vers ses invalides, pleine de sollicitude pour elles ; puis, voyant mes galons de maréchal des logis, elle me dit :

– Je vous remercie bien, monsieur l'officier, d'avoir pensé à ces pauvres femmes. Elles ont bien peu de plaisir dans la vie, et c'est pour elles en même temps un grand bonheur et un grand honneur que vous leur faites.

J'aperçus le curé, resté dans l'ombre du couloir et qui riait de tout son cœur. À mon tour, je me mis à rire, en regardant surtout la tête de Marchas. Puis montrant des sièges à la religieuse :

— Asseyez-vous, ma Sœur ; nous sommes très fiers et très heureux que vous ayez accepté notre modeste invitation.

Elle prit trois chaises contre le mur, les aligna devant le feu, y conduisit ses trois bonnes femmes, les plaça dessus, leur ôta leurs cannes et leurs châles qu'elle alla déposer dans un coin ; puis, désignant la première, une maigre à ventre énorme, une hydropique assurément :

— Celle-là est la mère Paumelle, dont le mari s'est tué en tombant d'un toit et dont le fils est mort en Afrique. Elle a soixante-deux ans.

Puis elle désigna la seconde, une grande dont la tête tremblait sans cesse :

— Celle-là est la mère Jean-Jean, âgée de soixante-sept ans. Elle n'y voit plus guère, ayant eu la figure flambée dans un incendie et la jambe droite brûlée à moitié.

Elle nous montra, enfin, la troisième, une espèce de naine, avec des yeux saillants, qui roulaient de tous les côtés, ronds et stupides.

— C'est la Putois, une innocente. Elle est âgée de quarante-quatre ans seulement.

J'avais salué les trois femmes comme si on m'eût présenté à des Altesses Royales, et, me tournant vers le curé :

— Vous êtes, monsieur l'abbé, un homme précieux, à qui nous devrons tous ici de la reconnaissance.

Tout le monde riait, en effet, hormis Marchas, qui semblait furieux.

– Notre Sœur Saint-Benoît est servie ! cria tout à coup Karl Massouligny.

Je la fis passer devant avec le curé, puis je soulevai la mère Paumelle, dont je pris le bras et que je traînai dans la pièce voisine, non sans peine, car son ventre ballonné semblait plus pesant que du fer.

Le gros Ponderel enleva la mère Jean-Jean, qui gémissait pour avoir sa béquille ; et le petit Joseph Herbon dirigea l'idiote, la Putois, vers la salle à manger, pleine d'odeur de viandes.

Dès que nous fûmes en face de nos assiettes, la Sœur tapa trois coups dans ses mains, et les femmes firent, avec la précision de soldats qui présentent les armes, un grand signe de croix rapide. Puis le prêtre prononça, lentement, les paroles latines du *Benedicite*.

On s'assit, et les deux poules parurent, apportées par Marchas, qui voulait servir pour ne point assister en convive à ce repas ridicule.

Mais je criai : « Vite le champagne ! » Un bouchon sauta avec un bruit de pistolet qu'on décharge, et, malgré la résistance du curé, et de la bonne Sœur, les trois hussards assis à côté des trois infirmes leur versèrent de force dans la bouche leurs trois verres pleins.

Massouligny, qui avait la faculté d'être chez lui partout et à l'aise avec tout le monde, faisait la cour à la mère Paumelle de la façon la plus drôle. L'hydropique, dont l'humeur était restée gaie, malgré ses malheurs, lui répondait en badinant avec une voix de fausset qui semblait factice, et elle riait si fort des plaisanteries de son voisin que son gros ventre semblait prêt à monter et à rouler sur la table. Le petit Herbon avait entrepris sérieusement de griser l'idiote, et le baron d'Étreillis, qui n'avait pas l'esprit alerte, interrogeait la Jean-Jean sur la vie, les habitudes et le règlement de l'hospice.

La religieuse, effarée, criait à Massouligny :

– Oh ! oh ! vous allez la rendre malade, ne la faites pas rire comme ça, je vous en prie, monsieur. Oh ! monsieur...

Puis elle se levait et se jetait sur Herbon pour lui arracher des mains un verre plein qu'il vidait prestement, entre les lèvres de la Putois.

Et le curé riait à se tordre, répétait à la Sœur :

– Laissez donc, pour une fois, ça ne leur fait pas de mal. Laissez donc.

Après les deux poules, on avait mangé le canard, flanqué des trois pigeons et du merle ; et l'oie parut, fumante, dorée, répandant une odeur chaude de viande rissolée et grasse.

La Paumelle, qui s'animait, battit des mains ; la Jean-Jean cessa de répondre aux questions nombreuses du baron, et la Putois poussa des grognements de joie, moitié cris et moitié soupirs, comme font les petits enfants à qui on montre des bonbons.

– Permettez-vous, dit le curé, que je me charge de cet animal. Je m'entends comme personne à ces opérations-là.

– Mais certainement, monsieur l'abbé.

Et la Sœur dit :

– Si on ouvrait un peu la fenêtre ? Elles ont trop chaud. Je suis sûre qu'elles seront malades.

Je me tournai vers Marchas :

– Ouvre la fenêtre une minute.

Il l'ouvrit, et l'air froid du dehors entra, fit vaciller les flammes des bougies et tournoyer la fumée de l'oie, dont le prêtre, une serviette au cou, soulevait les ailes avec science.

Nous le regardions faire, sans parler maintenant, intéressés par le travail alléchant de ses mains, saisis d'un renouveau d'appétit à la vue de cette grosse bête dorée, dont les membres tombaient l'un après l'autre dans la sauce brune, au fond du plat.

Et tout à coup, au milieu de ce silence gourmand qui nous tenait attentifs, entra, par la fenêtre ouverte, le bruit lointain d'un coup de feu.

Je fus debout si vite, que ma chaise roula derrière moi ; et je criai :

– Tout le monde à cheval ! Toi, Marchas, tu vas prendre deux hommes et aller aux nouvelles. Je t'attends ici dans cinq minutes.

Et pendant que les trois cavaliers s'éloignaient au galop dans la nuit, je me mis en selle avec mes deux autres hussards, devant le perron de la villa, tandis que le curé, la Sœur et les trois bonnes femmes montraient aux fenêtres leurs têtes effarées.

On n'entendait plus rien, qu'un aboiement de chien dans la campagne. La pluie avait cessé ; il faisait froid, très froid. Et bientôt, je distinguai de nouveau le galop d'un cheval, d'un seul cheval qui revenait.

C'était Marchas. Je lui criai :

– Eh bien ?

Il répondit :

– Rien du tout, François a blessé un vieux paysan, qui refusait de répondre au : « Qui vive ? » et qui continuait d'avancer, malgré l'ordre de passer au large. On l'apporte, d'ailleurs. Nous verrons ce que c'est.

J'ordonnai de remettre les chevaux à l'écurie et j'envoyai mes deux soldats au devant des autres, puis je rentrai dans la maison.

Alors le curé, Marchas et moi, nous descendîmes un matelas dans le salon pour y déposer le blessé ; la Sœur, déchirant une serviette, se mit à faire de la charpie, tandis que les trois femmes éperdues restaient assises dans un coin.

Bientôt, je distinguai un bruit de sabres traînés sur la route ; je pris une bougie pour éclairer les hommes qui revenaient ; et ils parurent, portant cette chose inerte, molle, longue et sinistre, que devient un corps humain quand la vie ne le soutient plus.

On déposa le blessé sur le matelas préparé pour lui ; et je vis du premier coup d'œil que c'était un moribond.

Il râlait et crachait du sang qui coulait des coins de ses lèvres, chassé de sa bouche à chacun de ses hoquets. L'homme en était couvert ! Ses joues, sa barbe, ses cheveux, son cou, ses vêtements, semblaient en avoir été frottés, avoir été baignés dans une cuve rouge. Et ce sang s'était figé sur lui, était devenu terne, mêlé de boue, horrible à voir.

Le vieillard, enveloppé dans une grande limousine de berger, entrouvrait par moments ses yeux mornes, éteints, sans pensée, qui paraissaient stupides d'étonnement, comme ceux des bêtes que le chasseur tue et qui le regardent, tombées à ses pieds, aux trois quarts mortes déjà, abruties par la surprise et par l'épouvante.

Le curé s'écria :

– Ah ! c'est le père Placide, le vieux pasteur des Moulins. Il est sourd, le pauvre, et n'a rien entendu. Ah ! mon Dieu ! vous avez tué ce malheureux !

La Sœur avait écarté la blouse et la chemise, et regardait au milieu de la poitrine un petit trou violet qui ne saignait plus.

– Il n'y a rien à faire, dit-elle.

Le berger, haletant affreusement, crachait toujours du sang avec chacun de ses derniers souffles, et on entendait dans sa gorge, jusqu'au fond de ses poumons, un gargouillement sinistre et continu.

Le curé, debout au-dessus de lui, leva sa main droite, décrivit le signe de la croix et prononça, d'une voix lente et solennelle, les paroles latines qui lavent les âmes.

Avant qu'il les eût achevées, le vieillard fut agité d'une courte secousse, comme si quelque chose venait de se briser en lui. Il ne respirait plus. Il était mort.

M'étant retourné, je vis un spectacle plus effrayant que l'agonie de ce misérable : les trois vieilles, debout, serrées l'une contre l'autre, hideuses, grimaçaient d'angoisse et d'horreur.

Je m'approchai d'elles, et elles se mirent à pousser des cris aigus, en essayant de se sauver, comme si j'allais les tuer aussi.

La Jean-Jean, que sa jambe brûlée ne portait plus, tomba tout de son long par terre.

La Sœur Saint-Benoît, abandonnant le mort, courut vers ses infirmes, et sans un mot pour moi, sans un regard, les couvrit de leurs châles, leur donna leurs béquilles, les poussa vers la porte, les fit sortir et disparut avec elles dans la nuit profonde, si noire.

Je compris que je ne pouvais même les faire accompagner par un hussard, car le seul bruit du sabre les eût affolées.

Le curé regardait toujours le mort.

S'étant enfin retourné vers moi :

– Ah ! quelle vilaine chose, dit-il.

Au bois

Le maire allait se mettre à table pour déjeuner quand on le prévint que le garde champêtre l'attendait à la mairie avec deux prisonniers.

Il s'y rendit aussitôt, et il aperçut en effet son garde champêtre, le père Hochedur, debout et surveillant d'un air sévère un couple de bourgeois mûrs.

L'homme, un gros père, à nez rouge et à cheveux blancs, semblait accablé ; tandis que la femme, une petite mère endimanchée, très ronde, très grasse, aux joues luisantes, regardait d'un œil de défi l'agent de l'autorité qui les avait captivés.

Le maire demanda :

– Qu'est-ce que c'est, père Hochedur ?

Le garde champêtre fit sa déposition.

Il était sorti le matin, à l'heure ordinaire, pour accomplir sa tournée du côté des bois Champioux jusqu'à la frontière d'Argenteuil. Il n'avait rien remarqué d'insolite dans la campagne sinon qu'il faisait beau temps et que les blés allaient bien, quand le fils aux Bredel, qui binait sa vigne, avait crié :

– Hé, père Hochedur, allez voir au bord du bois, au premier taillis, vous y trouverez un couple de pigeons qu'ont bien cent trente ans à eux deux.

Il était parti dans la direction indiquée ; il était entré dans le fourré et il avait entendu des paroles et des soupirs qui lui firent supposer un flagrant délit de mauvaises mœurs.

Donc, avançant sur ses genoux et sur ses mains comme pour surprendre un braconnier, il avait appréhendé le couple présent au moment où il s'abandonnait à son instinct.

Le maire stupéfait considéra les coupables. L'homme comptait bien soixante ans et la femme au moins cinquante-cinq.

Il se mit à les interroger, en commençant par le mâle, qui répondait d'une voix si faible qu'on l'entendait à peine.

– Votre nom ?

– Nicolas Beaurain.

– Votre profession ?

– Mercier, rue des Martyrs, à Paris.

– Qu'est-ce que vous faisiez dans ce bois ?

Le mercier demeura muet, les yeux baissés sur son gros ventre, les mains à plat sur ses cuisses.

Le maire reprit :

– Niez-vous ce qu'affirme l'agent de l'autorité municipale ?

– Non, monsieur.

– Alors, vous avouez ?

– Oui, monsieur.

– Qu'avez-vous à dire pour votre défense ?

– Rien, monsieur.

– Où avez-vous rencontré votre complice ?

– C'est ma femme, monsieur.

– Votre femme ?

– Oui, monsieur.

– Alors… alors… vous ne vivez donc pas ensemble… à Paris ?

– Pardon, monsieur, nous vivons ensemble !

– Mais… alors… vous êtes fou, tout à fait fou, mon cher monsieur, de venir vous faire pincer ainsi, en plein champ, à dix heures du matin.

Le mercier semblait prêt à pleurer de honte. Il murmura :

– C'est elle qui a voulu ça ! Je lui disais bien que c'était stupide. Mais quand une femme a quelque chose dans la tête… vous savez… elle ne l'a pas ailleurs.

Le maire, qui aimait l'esprit gaulois, sourit et répliqua :

– Dans votre cas, c'est le contraire qui aurait dû avoir lieu. Vous ne seriez pas ici si elle ne l'avait eu que dans la tête.

Alors une colère saisit M. Beaurain, et se tournant vers sa femme :

– Vois-tu où tu nous as menés avec ta poésie ? Hein, y sommes-nous ? Et nous irons devant les tribunaux, maintenant, à notre âge, pour attentat aux mœurs ! Et il nous faudra fermer boutique, vendre la clientèle et changer de quartier ! Y sommes-nous ?

Mme Beaurain se leva, et, sans regarder son mari, elle s'expliqua sans embarras, sans vaine pudeur, presque sans hésitation.

– Mon Dieu, monsieur le maire, je sais bien que nous sommes ridicules. Voulez-vous me permettre de plaider ma cause comme un avocat, ou mieux comme une pauvre femme ; et j'espère que vous voudrez bien nous renvoyer chez nous, et nous épargner la honte des poursuites.

« Autrefois, quand j'étais jeune, j'ai fait la connaissance de M. Beaurain dans ce pays-ci, un dimanche. Il était employé dans un magasin de mercerie ; moi j'étais demoiselle dans un magasin de confections. Je me rappelle de ça comme d'hier. Je venais passer les dimanches ici, de temps en temps, avec une amie, Rose Levêque, avec qui j'habitais rue Pigalle. Rose avait un bon ami, et moi pas. C'est lui qui nous conduisait ici. Un samedi, il m'annonça, en riant, qu'il amènerait un camarade le lendemain. Je compris bien ce qu'il voulait, mais je répondis que c'était inutile. J'étais sage, monsieur.

« Le lendemain donc, nous avons trouvé au chemin de fer monsieur Beaurain. Il était bien de sa personne à cette époque-là. Mais j'étais décidée à ne pas céder, et je ne cédai pas non plus.

« Nous voici donc arrivés à Bezons. Il faisait un temps superbe, de ces temps qui vous chatouillent le cœur. Moi, quand il fait beau, aussi bien maintenant qu'autrefois, je deviens bête à pleurer, et quand je suis à la campagne je perds la tête. La verdure, les oiseaux qui chantent, les blés qui remuent au vent, les hirondelles qui vont si vite, l'odeur de l'herbe, les coquelicots, les marguerites, tout ça me rend folle ! C'est comme le champagne quand on n'en a pas l'habitude !

« Donc il faisait un temps superbe, et doux, et clair, qui vous entrait dans le corps par les yeux en regardant et par la bouche en respirant. Rose et Simon s'embrassaient toutes les minutes ! Ça me faisait quelque chose de les voir. M. Beaurain et moi nous marchions derrière eux, sans guère parler. Quand on ne se connaît pas on ne trouve rien à se dire. Il avait l'air timide, ce garçon, et ça me plaisait de le voir embarrassé. Nous voici arrivés dans le petit bois. Il y faisait frais comme dans un bain, et tout le monde s'assit sur l'herbe. Rose et son ami me plaisantaient sur ce que j'avais l'air sévère ; vous comprenez bien que je ne pouvais pas être autrement. Et puis voilà qu'ils recommencent à s'embrasser sans plus se gêner que si nous n'étions pas là ; et puis ils se sont parlé tout bas ; et puis ils se sont levés et ils sont partis dans les feuilles sans rien dire. Jugez quelle sotte figure je faisais, moi, en face de ce garçon que je voyais pour la première fois. Je me sentais tellement confuse de les voir partir ainsi que ça me donna du courage ; et je me suis mise à parler. Je lui demandai ce qu'il faisait ; il était commis de mercerie, comme je vous l'ai appris tout à l'heure. Nous causâmes donc quelques instants ; ça l'enhardit, lui, et il voulut prendre des privautés, mais je le remis à sa place, et roide, encore. Est-ce pas vrai, monsieur Beaurain ? »

M. Beaurain, qui regardait ses pieds avec confusion, ne répondit pas.

Elle reprit : « Alors il a compris que j'étais sage, ce garçon, et il s'est mis à me faire la cour gentiment, en honnête homme. Depuis ce jour il est revenu tous les dimanches. Il était très amoureux de moi, monsieur. Et moi aussi je l'aimais beaucoup, mais là, beaucoup ! C'était un beau garçon, autrefois.

« Bref, il m'épousa en septembre et nous prîmes notre commerce rue des Martyrs.

« Ce fut dur pendant des années, monsieur. Les affaires n'allaient pas ; et nous ne pouvions guère nous payer des parties de campagne. Et puis, nous en avions perdu l'habitude. On a autre chose en tête ; on pense à la caisse plus qu'aux fleurettes, dans le commerce. Nous vieillissions, peu à peu, sans nous en apercevoir, en gens tranquilles qui ne pensent plus guère à l'amour. On ne regrette rien tant qu'on ne s'aperçoit pas que ça vous manque.

« Et puis, monsieur, les affaires ont mieux été, nous nous sommes rassurés sur l'avenir ! Alors, voyez-vous, je ne sais pas trop ce qui s'est passé en moi, non, vraiment, je ne sais pas !

« Voilà que je me suis remise à rêver comme une petite pensionnaire. La vue des voiturettes de fleurs qu'on traîne dans les rues me tirait des larmes. L'odeur des violettes venait me chercher à mon fauteuil, derrière ma caisse, et me faisait battre le cœur ! Alors je me levais et je m'en venais sur le pas de ma porte pour regarder le bleu du ciel entre les toits. Quand on regarde le ciel dans une rue, ça a l'air d'une rivière, d'une longue rivière qui descend sur Paris en se tortillant ; et les hirondelles passent dedans comme des poissons. C'est bête comme tout, ces choses-là, à mon âge ! Que voulez-vous, monsieur, quand on a travaillé toute sa vie, il vient un moment où on s'aperçoit qu'on aurait pu faire autre chose, et, alors, on regrette, oh ! oui, on regrette ! Songez donc que, pendant vingt ans, j'aurais pu aller cueillir des baisers dans les bois, comme les autres, comme les autres femmes. Je songeais comme c'est bon d'être couché sous les feuilles en aimant quelqu'un ! Et j'y pensais tous les jours, toutes les nuits ! Je rêvais de clairs de lune sur l'eau jusqu'à avoir envie de me noyer.

« Je n'osais pas parler de ça à M. Beaurain dans les premiers temps. Je savais bien qu'il se moquerait de moi et qu'il me renverrait vendre mon fil et mes aiguilles ! Et puis, à vrai dire, M. Beaurain ne me disait plus grand-chose ; mais en me regardant dans ma glace, je comprenais bien aussi que je ne disais plus rien à personne, moi !

« Donc, je me décidai et je lui proposai une partie de campagne au pays où nous nous étions connus. Il accepta sans défiance et nous voici arrivés, ce matin, vers les neuf heures.

« Moi je me sentis toute retournée quand je suis entrée dans les blés. Ça ne vieillit pas, le cœur des femmes ! Et, vrai, je ne voyais plus mon mari tel qu'il est, mais bien tel qu'il était autrefois ! Ça, je vous le jure, monsieur. Vrai de vrai, j'étais grise. Je me mis à l'embrasser ; il en fut plus étonné que si j'avais voulu l'assassiner. Il me répétait : « Mais tu es folle. Mais tu es folle, ce matin. Qu'est-ce qui te prend ?... » Je ne l'écoutais pas, moi, je n'écoutais que mon cœur. Et je le fis entrer dans le bois... Et voilà !... J'ai dit la vérité, monsieur le maire, toute la vérité. »

Le maire était un homme d'esprit. Il se leva, sourit, et dit : « Allez en paix, madame, et ne péchez plus... sous les feuilles. »

Une famille

J'allais revoir mon ami Simon Radevin que je n'avais point aperçu depuis quinze ans.

Autrefois c'était mon meilleur ami, l'ami de ma pensée, celui avec qui on passe les longues soirées tranquilles et gaies, celui à qui on dit les choses intimes du cœur, pour qui on trouve, en causant doucement, des idées rares, fines, ingénieuses, délicates, nées de la sympathie même qui excite l'esprit et le met à l'aise.

Pendant bien des années nous ne nous étions guère quittés. Nous avions vécu, voyagé, songé, rêvé ensemble, aimé les mêmes choses d'un même amour, admiré les mêmes livres, compris les mêmes œuvres, frémi des mêmes sensations, et si souvent ri des mêmes êtres que nous nous comprenions complètement, rien qu'en échangeant un coup d'œil.

Puis il s'était marié. Il avait épousé tout à coup une fillette de province venue à Paris pour chercher un fiancé. Comment cette petite blondasse, maigre, aux mains niaises, aux yeux clairs et vides, à la voix fraîche et bête, pareille à cent mille poupées à marier, avait-elle cueilli ce garçon intelligent et fin ? Peut-on comprendre ces choses-là ? Il avait sans doute espéré le bonheur, lui, le bonheur simple, doux et long entre les bras d'une femme bonne, tendre et fidèle ; et il avait entrevu tout cela, dans le regard transparent de cette gamine aux cheveux pâles.

Il n'avait pas songé que l'homme actif, vivant et vibrant, se fatigue de tout dès qu'il a saisi la stupide réalité, à moins qu'il ne s'abrutisse au point de ne plus rien comprendre.

Comment allais-je le retrouver ? Toujours vif, spirituel, rieur et enthousiaste, ou bien endormi par la vie provinciale ? Un homme peut changer en quinze ans !

Le train s'arrêta dans une petite gare. Comme je descendais de wagon, un gros, très gros homme, aux joues rouges, au ventre rebondi, s'élança vers moi, les bras ouverts, en criant : « Georges. » Je l'embrassai, mais je ne l'avais pas reconnu. Puis je murmurai stupéfait : « Cristi, tu n'as pas maigri. » Il répondit en riant : « Que veux-tu ? La bonne vie ! la bonne table ! les bonnes nuits ! Manger et dormir, voilà mon existence ! »

Je le contemplai, cherchant dans cette large figure les traits aimés. L'œil seul n'avait point changé ; mais je ne retrouvais plus le regard et je me disais : « S'il est vrai que le regard est le reflet de la pensée, la pensée de cette tête-là n'est plus celle d'autrefois, celle que je connaissais si bien. »

L'œil brillait pourtant, plein de joie et d'amitié ; mais il n'avait plus cette clarté intelligente qui exprime, autant que la parole, la valeur d'un esprit.

Tout à coup, Simon me dit :

– Tiens, voici mes deux aînés.

Une fillette de quatorze ans, presque femme, et un garçon de treize ans, vêtu en collégien, s'avancèrent d'un air timide et gauche.

Je murmurai : « C'est à toi ? »

Il répondit en riant : – Mais, oui.

– Combien en as-tu donc ?

– Cinq ! Encore trois restés à la maison !

Il avait répondu cela d'un air fier, content, presque triomphant ; et moi je me sentais saisi d'une pitié profonde, mêlée d'un vague mépris, pour ce reproducteur orgueilleux et naïf qui passait ses nuits à faire des enfants entre deux sommes, dans sa maison de province, comme un lapin dans une cage.

Je montai dans une voiture qu'il conduisait lui-même et nous voici partis à travers la ville, triste ville, somnolente et terne où rien ne remuait par les rues, sauf quelques chiens et deux ou trois bonnes. De temps en temps, un boutiquier, sur sa porte, ôtait son chapeau ; Simon rendait le salut et nommait l'homme pour me prouver sans doute qu'il connaissait tous les habitants par leur nom. La pensée me vint qu'il songeait à la députation, ce rêve de tous les enterrés de province.

On eut vite traversé la cité, et la voiture entra dans un jardin qui avait des prétentions de parc, puis s'arrêta devant une maison à tourelles qui cherchait à passer pour château.

– Voilà mon trou, disait Simon, pour obtenir un compliment.

Je répondis :

– C'est délicieux.

Sur le perron, une dame apparut, parée pour la visite, coiffée pour la visite, avec des phrases prêtes pour la visite. Ce n'était plus la fillette blonde et fade que j'avais vue à l'église quinze ans plus tôt, mais une grosse dame à falbalas et à frisons, une de ces dames sans âge, sans caractère, sans élégance, sans esprit, sans rien de ce qui constitue une femme. C'était une mère, enfin, une grosse mère banale, la pondeuse, la poulinière humaine, la machine de chair qui procrée sans autre préoccupation dans l'âme que ses enfants et son livre de cuisine.

Elle me souhaita la bienvenue et j'entrai dans le vestibule où trois mioches alignés par rang de taille semblaient placés là pour une revue comme des pompiers devant un maire.

Je dis :

– Ah ! ah ! voici les autres ?

Simon, radieux, les nomma : « Jean, Sophie et Gontran. »

La porte du salon était ouverte. J'y pénétrai et j'aperçus au fond d'un fauteuil quelque chose qui tremblotait, un homme, un vieux homme paralysé.

Mme Radevin s'avança :

– C'est mon grand-père, monsieur. Il a quatre-vingt-sept ans.

Puis elle cria dans l'oreille du vieillard trépidant : « C'est un ami de Simon, papa. » L'ancêtre fit un effort pour me dire bonjour et il vagit : « Oua, oua, oua » en agitant sa main. Je répondis : « Vous êtes trop aimable, monsieur », et je tombai sur un siège.

Simon venait d'entrer ; il riait :

– Ah ! ah ! tu as fait la connaissance de bon papa. Il est impayable, ce vieux ; c'est la distraction des enfants. Il est gourmand, mon cher, à se faire mourir à tous les repas. Tu ne te figures point ce qu'il mangerait si on le laissait libre.

Mais tu verras, tu verras. Il fait de l'œil aux plats sucrés comme si c'étaient des demoiselles. Tu n'as jamais rien rencontré de plus drôle, tu verras tout à l'heure.

Puis on me conduisit dans ma chambre, pour faire ma toilette, car l'heure du dîner approchait. J'entendais dans l'escalier un grand piétinement et je me retournai. Tous les enfants me suivaient en procession, derrière leur père, sans doute pour me faire honneur.

Ma chambre donnait sur la plaine, une plaine sans fin, toute nue, un océan d'herbes, de blés et d'avoine, sans un bouquet d'arbres ni un coteau, image saisissante et triste de la vie qu'on devait mener dans cette maison.

Une cloche sonna. C'était pour le dîner. Je descendis.

Mme Radevin prit mon bras d'un air cérémonieux et on passa dans la salle à manger. Un domestique roulait le fauteuil du vieux qui, à peine placé devant son assiette, promena sur le dessert un regard avide et curieux en tournant avec peine, d'un plat vers l'autre, sa tête branlante.

Alors Simon se frotta les mains : « Tu vas t'amuser », me dit-il. Et tous les enfants, comprenant qu'on allait me donner le spectacle de grand-papa gourmand, se mirent à rire en même temps, tandis que leur mère souriait seulement en haussant les épaules.

Radevin se mit à hurler vers le vieillard en formant porte-voix de ses mains :

– Nous avons ce soir de la crème au riz sucré.

La face ridée de l'aïeul s'illumina et il trembla plus fort de haut en bas, pour indiquer qu'il avait compris et qu'il était content.

Et on commença à dîner.

« Regarde », murmura Simon. Le grand-père n'aimait pas la soupe et refusait d'en manger. On l'y forçait, pour sa santé ; et le domestique lui enfonçait de force dans la bouche la cuiller pleine, tandis qu'il soufflait avec énergie, pour ne pas avaler le bouillon rejeté ainsi en jet d'eau sur la table et sur ses voisins.

Les petits enfants se tordaient de joie tandis que leur père, très content, répétait : « Est-il drôle, ce vieux ? »

Et tout le long du repas on ne s'occupa que de lui. Il dévorait du regard les plats posés sur la table ; et de sa main follement agitée essayait de les saisir et de les attirer à lui. On les posait presque à portée pour voir ses efforts éperdus, son élan tremblotant vers eux, l'appel désolé de tout son être, de son œil, de sa bouche, de son nez qui les flairait. Et il bavait d'envie sur sa serviette en poussant des grognements inarticulés. Et toute la famille se réjouissait de ce supplice odieux et grotesque.

Puis on lui servait sur son assiette un tout petit morceau qu'il mangeait avec une gloutonnerie fiévreuse, pour avoir plus vite autre chose.

Quand arriva le riz sucré, il eut presque une convulsion. Il gémissait de désir.

Gontran lui cria : « Vous avez trop mangé, vous n'en aurez pas. » Et on fit semblant de ne lui en point donner.

Alors il se mit à pleurer. Il pleurait en tremblant plus fort, tandis que tous les enfants riaient.

On lui apporta enfin sa part, une toute petite part ; et il fit, en mangeant la première bouchée de l'entremets, un bruit de gorge comique et glouton, et un mouvement du cou pareil à celui des canards qui avalent un morceau trop gros.

Puis, quand il eut fini, il se mit à trépigner pour en obtenir encore.

Pris de pitié devant la torture de ce Tantale attendrissant et ridicule, j'implorai pour lui : « Voyons, donne-lui encore un peu de riz ? »

Simon répétait : « Oh ! non, mon cher, s'il mangeait trop, à son âge, ça pourrait lui faire mal. »

Je me tus, rêvant sur cette parole. Ô morale, ô logique, ô sagesse ! À son âge ! Donc, on le privait du seul plaisir qu'il pouvait encore goûter, par souci de sa santé ! Sa santé ! qu'en ferait-il, ce débris inerte et tremblotant ? On ménageait ses jours, comme on dit ? Ses jours ? Combien de jours, dix, vingt, cinquante ou cent ? Pourquoi ? Pour lui ? ou pour conserver plus longtemps à la famille le spectacle de sa gourmandise impuissante ?

Il n'avait plus rien à faire en cette vie, plus rien. Un seul désir lui restait, une seule joie ; pourquoi ne pas lui donner entièrement cette joie dernière, la lui donner jusqu'à ce qu'il en mourût.

Puis, après une longue partie de cartes, je montai dans ma chambre pour me coucher : j'étais triste, triste, triste !

Et je me mis à ma fenêtre. On n'entendait rien au dehors qu'un très léger, très doux, très joli gazouillement d'oiseau dans un arbre, quelque part. Cet oiseau devait chanter ainsi, à voix basse, dans la nuit, pour bercer sa femelle endormie sur ses œufs.

Et je pensai aux cinq enfants de mon pauvre ami, qui devait ronfler maintenant aux côtés de sa vilaine femme.

Joseph

Elles étaient grises, tout à fait grises, la petite baronne Andrée de Fraisières et la petite comtesse Noëmi de Gardens.

Elles avaient dîné en tête à tête, dans le salon vitré qui regardait la mer. Par les fenêtres ouvertes, la brise molle d'un soir d'été entrait, tiède et fraîche en même temps, une brise savoureuse d'océan. Les deux jeunes femmes, étendues sur leurs chaises longues, buvaient maintenant de minute en minute une goutte de chartreuse en fumant des cigarettes, et elles se faisaient des confidences intimes, des confidences que seule cette jolie ivresse inattendue pouvait amener sur leurs lèvres.

Leurs maris étaient retournés à Paris dans l'après-midi, les laissant seules sur cette petite plage déserte qu'ils avaient choisie pour éviter les rôdeurs galants des stations à la mode. Absents cinq jours sur sept, ils redoutaient les parties de campagne, les déjeuners sur l'herbe, les leçons de natation et la rapide familiarité qui naît dans le désœuvrement des villes d'eaux. Dieppe, Étretat, Trouville leur paraissant donc à craindre, ils avaient loué une maison bâtie et abandonnée par un original dans le vallon de Roqueville, près Fécamp, et ils avaient enterré là leurs femmes pour tout l'été.

Elles étaient grises. Ne sachant qu'inventer pour se distraire, la petite baronne avait proposé à la petite comtesse un dîner fin, au champagne. Elles s'étaient d'abord beaucoup amusées à cuisiner elles-mêmes ce dîner ; puis elles l'avaient mangé avec gaieté en buvant ferme pour calmer la soif qu'avait éveillée dans leur gorge la chaleur des fourneaux. Maintenant elles bavardaient et déraisonnaient à l'unisson en fumant des cigarettes et en se gargarisant doucement avec la chartreuse. Vraiment, elles ne savaient plus du tout ce qu'elles disaient.

La comtesse, les jambes en l'air sur le dossier d'une chaise, était plus partie encore que son amie.

– Pour finir une soirée comme celle-là, disait-elle, il nous faudrait des amoureux. Si j'avais prévu ça tantôt, j'en aurais fait venir deux de Paris et je t'en aurais cédé un...

– Moi, reprit l'autre, j'en trouve toujours ; même ce soir, si j'en voulais un, je l'aurais.

– Allons donc ! À Roqueville, ma chère ? un paysan, alors.

– Non, pas tout à fait.

– Alors, raconte-moi.

– Qu'est-ce que tu veux que je te raconte ?

– Ton amoureux ?

– Ma chère, moi je ne peux pas vivre sans être aimée. Si je n'étais pas aimée, je me croirais morte.

– Moi aussi.

– N'est-ce pas ?

– Oui. Les hommes ne comprennent pas ça ! nos maris surtout !

– Non, pas du tout. Comment veux-tu qu'il en soit autrement ? L'amour qu'il nous faut est fait de gâteries, de gentillesses, de galanteries. C'est la nourriture de notre cœur, ça. C'est indispensable à notre vie, indispensable, indispensable...

– Indispensable.

– Il faut que je sente que quelqu'un pense à moi, toujours, partout. Quand je m'endors, quand je m'éveille, il faut que je sache qu'on m'aime quelque part, qu'on rêve de moi, qu'on me désire. Sans cela je serais malheureuse, malheureuse. Oh ! mais malheureuse à pleurer tout le temps.

– Moi aussi.

– Songe donc que c'est impossible autrement. Quand un mari a été gentil pendant six mois, ou un an, ou deux ans, il devient forcément une brute, oui, une vraie brute... Il ne se gêne plus pour rien, il se montre tel qu'il est, il fait des scènes pour les notes, pour toutes les notes. On ne peut pas aimer quelqu'un avec qui on vit toujours.

– Ça, c'est bien vrai...

– N'est-ce pas ?... Où donc en étais-je ? Je ne me rappelle plus du tout.

– Tu disais que tous les maris sont des brutes !

– Oui, des brutes... tous.

– C'est vrai.

– Et après ?...

– Quoi, après ?

– Qu'est-ce que je disais après ?

– Je ne sais pas, moi, puisque tu ne l'as pas dit ?

– J'avais pourtant quelque chose à te raconter.

– Oui, c'est vrai, attends ?...

– Ah ! j'y suis...

– Je t'écoute.

– Je te disais donc que moi, je trouve partout des amoureux.

– Comment fais-tu ?

– Voilà. Suis-moi bien. Quand j'arrive dans un pays nouveau, je prends des notes et je fais mon choix.

– Tu fais ton choix ?

– Oui, parbleu. Je prends des notes d'abord. Je m'informe. Il faut avant tout qu'un homme soit discret, riche et généreux, n'est-ce pas ?

– C'est vrai.

– Et puis, il faut qu'il me plaise comme homme.

– Nécessairement.

– Alors je l'amorce.

– Tu l'amorces ?

– Oui, comme on fait pour prendre du poisson. Tu n'as jamais pêché à la ligne ?

– Non, jamais.

– Tu as eu tort. C'est très amusant. Et puis c'est instructif. Donc, je l'amorce...

– Comment fais-tu ?

– Bête, va. Est-ce qu'on ne prend pas les hommes qu'on veut prendre, comme s'ils avaient le choix ! Et ils croient choisir encore... ces imbéciles... mais c'est nous qui choisissons... toujours... Songe donc, quand on n'est pas laide, et pas sotte, comme nous, tous les hommes sont des prétendants, tous, sans exception. Nous, nous les passons en revue du matin au soir, et quand nous en avons visé un nous l'amorçons...

– Ça ne me dit pas comment tu fais ?

– Comment je fais ?... mais je ne fais rien. Je me laisse regarder, voilà tout.

– Tu te laisses regarder ?

– Mais oui. Ça suffit. Quand on s'est laissé regarder plusieurs fois de suite, un homme vous trouve aussitôt la plus jolie et la plus séduisante de toutes les femmes. Alors il commence à vous faire la cour. Moi je lui laisse comprendre qu'il n'est pas mal, sans rien dire bien entendu ; et il tombe amoureux comme un bloc. Je le tiens. Et ça dure plus ou moins, selon ses qualités.

– Tu prends comme ça tous ceux que tu veux ?

– Presque tous.

– Alors, il y en a qui résistent ?

— Quelquefois.

— Pourquoi ?

— Oh ! pourquoi ? On est Joseph pour trois raisons. Parce qu'on est très amoureux d'une autre. Parce qu'on est d'une timidité excessive et parce qu'on est... comment dirai-je ?... incapable de mener jusqu'au bout la conquête d'une femme...

— Oh ! ma chère !... Tu crois ?...

— Oui... oui... J'en suis sûre..., il y en a beaucoup de cette dernière espèce, beaucoup, beaucoup... beaucoup plus qu'on ne croit. Oh ! ils ont l'air de tout le monde... ils sont habillés comme les autres... ils font les paons... Quand je dis les paons... je me trompe, ils ne pourraient pas se déployer.

— Oh ! ma chère...

— Quant aux timides, ils sont quelquefois d'une sottise imprenable. Ce sont des hommes qui ne doivent pas savoir se déshabiller, même pour se coucher tout seuls, quand ils ont une glace dans leur chambre. Avec ceux-là, il faut être énergique, user du regard et de la poignée de main. C'est même quelquefois inutile. Ils ne savent jamais comment ni par où commencer. Quand on perd connaissance devant eux, comme dernier moyen... ils vous soignent... Et pour peu qu'on tarde à reprendre ses sens... ils vont chercher du secours.

Ceux que je préfère, moi, ce sont les amoureux des autres. Ceux-là, je les enlève d'assaut, à... à... à... à la baïonnette, ma chère !

— C'est bon, tout ça, mais quand il n'y a pas d'hommes, comme ici, par exemple.

– J'en trouve.

– Tu en trouves. Où ça ?

– Partout. Tiens, ça me rappelle mon histoire.

« Voilà deux ans, cette année, que mon mari m'a fait passer l'été dans sa terre de Bougrolles. Là, rien... mais tu entends, rien de rien, de rien, de rien ! Dans les manoirs des environs, quelques lourdauds dégoûtants, des chasseurs de poil et de plume vivant dans des châteaux sans baignoires, de ces hommes qui transpirent et se couchent par là-dessus, et qu'il serait impossible de corriger, parce qu'ils ont des principes d'existence malpropres.

« Devine ce que j'ai fait ?

– Je ne devine pas !

– Ah ! ah ! ah ! Je venais de lire un tas de romans de George Sand pour l'exaltation de l'homme du peuple, des romans où les ouvriers sont sublimes et tous les hommes du monde criminels. Ajoute à cela que j'avais vu *Ruy Blas* l'hiver précédent et que ça m'avait beaucoup frappée. Eh bien ! un de nos fermiers avait un fils, un beau gars de vingt-deux ans, qui avait étudié pour être prêtre, puis quitté le séminaire par dégoût. Eh bien, je l'ai pris comme domestique !

– Oh !... Et après !...

– Après... après, ma chère, je l'ai traité de très haut, en lui montrant beaucoup de ma personne. Je ne l'ai pas amorcé, celui-là, ce rustre, je l'ai allumé !...

– Oh ! Andrée !

— Oui, ça m'amusait même beaucoup. On dit que les domestiques, ça ne compte pas ! Eh bien il ne comptait point. Je le sonnais pour les ordres chaque matin quand ma femme de chambre m'habillait, et aussi chaque soir quand elle me déshabillait.

— Oh ! Andrée !

— Ma chère, il a flambé comme un toit de paille. Alors, à table, pendant les repas, je n'ai plus parlé que de propreté, de soins du corps, de douches, de bains. Si bien qu'au bout de quinze jours il se trempait matin et soir dans la rivière, puis se parfumait à empoisonner le château. J'ai même été obligée de lui interdire les parfums, en lui disant, d'un air furieux, que les hommes ne devaient jamais employer que de l'eau de Cologne.

— Oh ! Andrée !

— Alors, j'ai eu l'idée d'organiser une bibliothèque de campagne. J'ai fait venir quelques centaines de romans moraux que je prêtais à tous nos paysans et à mes domestiques. Il s'était glissé dans ma collection quelques livres... quelques livres... poétiques... de ceux qui troublent les âmes... des pensionnaires et des collégiens... Je les ai donnés à mon valet de chambre. Ça lui a appris la vie... une drôle de vie.

— Oh... Andrée !

— Alors je suis devenue familière avec lui, je me suis mise à le tutoyer. Je l'avais nommé Joseph. Ma chère, il était dans un état... dans un état effrayant... Il devenait maigre comme... comme un coq... et il roulait des yeux de fou. Moi je m'amusais énormément. C'est un de mes meilleurs étés...

— Et après ?...

– Après... oui... Eh bien, un jour que mon mari était absent, je lui ai dit d'atteler le panier pour me conduire dans les bois. Il faisait très chaud, très chaud... Voilà !

– Oh ! Andrée, dis-moi tout... Ça m'amuse tant.

– Tiens, bois un verre de chartreuse, sans ça je finirais le carafon toute seule. Eh bien après, je me suis trouvée mal en route.

– Comment ça ?

– Que tu es bête. Je lui ai dit que j'allais me trouver mal et qu'il fallait me porter sur l'herbe. Et puis quand j'ai été sur l'herbe j'ai suffoqué et je lui ai dit de me délacer. Et puis, quand j'ai été délacée, j'ai perdu connaissance.

– Tout à fait ?

– Oh non, pas du tout.

– Eh bien ?

– Eh bien ! j'ai été obligée de rester près d'une heure sans connaissance. Il ne trouvait pas de remède. Mais j'ai été patiente, et je n'ai rouvert les yeux qu'après sa chute.

– Oh ! Andrée !... Et qu'est-ce que tu lui as dit ?

– Moi rien ! Est-ce que je savais quelque chose, puisque j'étais sans connaissance ? Je l'ai remercié. Je lui ai dit de me remettre en voiture ; et il m'a ramenée au château. Mais il a failli verser en tournant la barrière !

– Oh ! Andrée ! Et c'est tout ?...

– C'est tout...

– Tu n'as perdu connaissance qu'une fois ?

– Rien qu'une fois, parbleu ! Je ne voulais pas faire mon amant de ce goujat.

– L'as-tu gardé longtemps, après ça ?

– Mais oui. Je l'ai encore. Pourquoi est-ce que je l'aurais renvoyé. Je n'avais pas à m'en plaindre.

– Oh ! Andrée ! Et il t'aime toujours ?

– Parbleu.

– Où est-il ?

La petite baronne étendit la main vers la muraille et poussa le timbre électrique. La porte s'ouvrit aussitôt, et un grand valet entra qui répandait autour de lui une forte senteur d'eau de Cologne.

La baronne lui dit : « Joseph, mon garçon, j'ai peur de me trouver mal, va me chercher ma femme de chambre. »

L'homme demeurait immobile comme un soldat devant un officier, et fixait un regard ardent sur sa maîtresse, qui reprit : « Mais va donc vite, grand sot, nous ne sommes pas dans le bois aujourd'hui, et Rosalie me soignera mieux que toi. »

Il tourna sur ses talons et sortit.

La petite comtesse, effarée, demanda :

– Et qu'est-ce que tu diras à ta femme de chambre ?

– Je lui dirai que c'est passé ! Non, je me ferai tout de même délacer. Ça me soulagera la poitrine, car je ne peux plus respirer. Je suis grise... ma chère... mais grise à tomber si je me levais.

L'auberge

Pareille à toutes les hôtelleries de bois plantées dans les Hautes-Alpes, au pied des glaciers, dans ces couloirs rocheux et nus qui coupent les sommets blancs des montagnes, l'auberge de Schwarenbach sert de refuge aux voyageurs qui suivent le passage de la Gemmi.

Pendant six mois elle reste ouverte, habitée par la famille de Jean Hauser ; puis, dès que les neiges s'amoncellent, emplissant le vallon et rendant impraticable la descente sur Loëche, les femmes, le père et les trois fils s'en vont, et laissent pour garder la maison le vieux guide Gaspard Hari avec le jeune guide Ulrich Kunsi, et Sam, le gros chien de montagne.

Les deux hommes et la bête demeurent jusqu'au printemps dans cette prison de neige, n'ayant devant les yeux que la pente immense et blanche du Balmhorn, entourés de sommets pâles et luisants, enfermés, bloqués, ensevelis sous la neige qui monte autour d'eux, enveloppe, étreint, écrase la petite maison, s'amoncelle sur le toit, atteint les fenêtres et mure la porte.

C'était le jour où la famille Hauser allait retourner à Loëche, l'hiver approchant et la descente devenant périlleuse.

Trois mulets partirent en avant, chargés de hardes et de bagages et conduits par les trois fils. Puis la mère, Jeanne Hauser et sa fille Louise montèrent sur un quatrième mulet, et se mirent en route à leur tour.

Le père les suivait accompagné des deux gardiens qui devaient escorter la famille jusqu'au sommet de la descente.

Ils contournèrent d'abord le petit lac, gelé maintenant au fond du grand trou de rochers qui s'étend devant l'auberge, puis ils suivirent le vallon clair comme un drap et dominé de tous côtés par des sommets de neige.

Une averse de soleil tombait sur ce désert blanc éclatant et glacé, l'allumait d'une flamme aveuglante et froide ; aucune vie n'apparaissait dans cet océan des monts ; aucun mouvement dans cette solitude démesurée ; aucun bruit n'en troublait le profond silence.

Peu à peu, le jeune guide Ulrich Kunsi, un grand Suisse aux longues jambes, laissa derrière lui le père Hauser et le vieux Gaspard Hari, pour rejoindre le mulet qui portait les deux femmes.

La plus jeune le regardait venir, semblait l'appeler d'un œil triste. C'était une petite paysanne blonde, dont les joues laiteuses et les cheveux pâles paraissaient décolorés par les longs séjours au milieu des glaces.

Quand il eut rejoint la bête qui la portait, il posa la main sur la croupe et ralentit le pas. La mère Hauser se mit à lui parler, énumérant avec des détails infinis toutes les recommandations de l'hivernage. C'était la première fois qu'il restait là-haut, tandis que le vieux Hari avait déjà quatorze hivers sous la neige dans l'auberge de Schwarenbach.

Ulrich Kunsi écoutait, sans avoir l'air de comprendre, et regardait sans cesse la jeune fille. De temps en temps il répondait : « Oui, madame Hauser. » Mais sa pensée semblait loin et sa figure calme demeurait impassible.

Ils atteignirent le lac de Daube, dont la longue surface gelée s'étendait, toute plate, au fond du val. À droite, le Daubenhorn montrait ses rochers noirs dressés à pic auprès des énormes moraines du glacier de Lœmmern que dominait le Wildstrubel.

Comme ils approchaient du col de la Gemmi, où commence la descente sur Loëche, ils découvrirent tout à coup l'immense horizon des Alpes du Valais dont les séparait la profonde et large vallée du Rhône.

C'était, au loin, un peuple de sommets blancs, inégaux, écrasés ou pointus et luisants sous le soleil : le Mischabel avec ses deux cornes, le puissant massif du Wissehorn, le lourd Brunnegghorn, la haute et redoutable pyramide du Cervin, ce tueur d'hommes, et la Dent-Blanche, cette monstrueuse coquette.

Puis, au-dessous d'eux, dans un trou démesuré, au fond d'un abîme effrayant, ils aperçurent Loëche, dont les maisons semblaient des grains de sable jetés dans cette crevasse énorme que finit et que ferme la Gemmi, et qui s'ouvre, là-bas, sur le Rhône.

Le mulet s'arrêta au bord du sentier qui va, serpentant, tournant sans cesse et revenant, fantastique et merveilleux, le long de la montagne droite, jusqu'à ce petit village presque invisible, à son pied. Les femmes sautèrent dans la neige.

Les deux vieux les avaient rejoints.

– Allons, dit le père Hauser, adieu et bon courage, à l'an prochain, les amis.

Le père Hari répéta : « À l'an prochain. »

Ils s'embrassèrent. Puis Mme Hauser, à son tour, tendit ses joues ; et la jeune fille en fit autant.

Quand ce fut le tour d'Ulrich Kunsi, il murmura dans l'oreille de Louise : « N'oubliez point ceux d'en haut. » Elle répondit « non » si bas, qu'il devina sans l'entendre.

– Allons, adieu, répéta Jean Hauser, et bonne santé.

Et, passant devant les femmes, il commença à descendre.

Ils disparurent bientôt tous les trois au premier détour du chemin.

Et les deux hommes s'en retournèrent vers l'auberge de Schwarenbach.

Ils allaient lentement, côte à côte, sans parler. C'était fini, ils resteraient seuls face à face, quatre ou cinq mois.

Puis Gaspard Hari se mit à raconter sa vie de l'autre hiver. Il était demeuré avec Michel Canol, trop âgé maintenant pour recommencer ; car un accident peut arriver pendant cette longue solitude. Ils ne s'étaient pas ennuyés, d'ailleurs ; le tout était d'en prendre son parti dès le premier jour ; et on finissait par se créer des distractions, des jeux, beaucoup de passe-temps.

Ulrich Kunsi l'écoutait, les yeux baissés, suivant en pensée ceux qui descendaient vers le village par tous les festons de la Gemmi.

Bientôt ils aperçurent l'auberge, à peine visible, si petite, un point noir au pied de la monstrueuse vague de neige.

Quand ils ouvrirent, Sam, le gros chien frisé, se mit à gambader autour d'eux.

– Allons, fils, dit le vieux Gaspard, nous n'avons plus de femme maintenant, il faut préparer le dîner, tu vas éplucher les pommes de terre.

Et tous deux, s'asseyant sur des escabeaux de bois, commencèrent à tremper la soupe.

La matinée du lendemain sembla longue à Ulrich Kunsi. Le vieux Hari fumait et crachait dans l'âtre, tandis que le jeune homme regardait par la fenêtre l'éclatante montagne en face de la maison.

Il sortit dans l'après-midi, et refaisant le trajet de la veille, il cherchait sur le sol les traces des sabots du mulet qui avait porté les deux femmes. Puis quand il fut au col de la Gemmi, il se coucha sur le ventre au bord de l'abîme, et regarda Loëche.

Le village dans son puits de rocher n'était pas encore noyé sous la neige, bien qu'elle vînt tout près de lui, arrêtée net par les forêts de sapins qui protégeaient ses environs. Ses maisons basses ressemblaient, de là-haut, à des pavés, dans une prairie.

La petite Hauser était là, maintenant, dans une de ces demeures grises. Dans laquelle ? Ulrich Kunsi se trouvait trop loin pour les distinguer séparément. Comme il aurait voulu descendre, pendant qu'il le pouvait encore !

Mais le soleil avait disparu derrière la grande cime de Wildstrubel ; et le jeune homme rentra. Le père Hari fumait. En voyant revenir son compagnon, il lui proposa une partie de cartes ; et ils s'assirent en face l'un de l'autre des deux côtés de la table.

Ils jouèrent longtemps, un jeu simple qu'on nomme la brisque, puis, ayant soupé, ils se couchèrent.

Les jours qui suivirent furent pareils au premier, clairs et froids, sans neige nouvelle. Le vieux Gaspard passait ses après-midi à guetter les aigles et les rares oiseaux qui s'aventurent sur ces sommets glacés, tandis que Ulrich retournait régulièrement au col de la Gemmi pour contempler le village. Puis ils jouaient aux cartes, aux dés, aux dominos, gagnaient et perdaient de petits objets pour intéresser leur partie.

Un matin, Hari, levé le premier, appela son compagnon. Un nuage mouvant, profond et léger, d'écume blanche s'abattait sur eux, autour d'eux, sans bruit, les ensevelissait peu à peu sous un épais et sourd matelas de mousse. Cela dura quatre jours et quatre nuits. Il fallut dégager la porte et les fenêtres, creuser un couloir et tailler des marches pour s'élever sur cette poudre de glace que douze heures de gelée avaient rendue plus dure que le granit des moraines.

Alors, ils vécurent comme des prisonniers, ne s'aventurant plus guère en dehors de leur demeure. Ils s'étaient partagé les besognes qu'ils accomplissaient régulièrement. Ulrich Kunsi se chargeait des nettoyages, des lavages, de tous les soins et de tous les travaux de propreté. C'était lui aussi qui cassait le bois, tandis que Gaspard Hari faisait la cuisine et entretenait le feu. Leurs ouvrages, réguliers et monotones, étaient interrompus par de longues parties de cartes ou de dés. Jamais ils ne se querellaient, étant tous deux calmes et placides. Jamais même ils n'avaient d'impatiences, de mauvaise humeur, ni de paroles aigres, car ils avaient fait provision de résignation pour cet hivernage sur les sommets.

Quelquefois, le vieux Gaspard prenait son fusil et s'en allait à la recherche des chamois ; il en tuait de temps en temps. C'était alors fête dans l'auberge de Schwarenbach et grand festin de chair fraîche.

Un matin, il partit ainsi. Le thermomètre du dehors marquait dix-huit au-dessous de glace. Le soleil n'étant pas encore levé, le chasseur espérait surprendre les bêtes aux abords du Wildstrubel.

Ulrich, demeuré seul, resta couché jusqu'à dix heures. Il était d'un naturel dormeur ; mais il n'eût point osé s'abandonner ainsi à son penchant en présence du vieux guide toujours ardent et matinal.

Il déjeuna lentement avec Sam, qui passait aussi ses jours et ses nuits à dormir devant le feu ; puis il se sentit triste, effrayé même de la solitude, et saisi par le besoin de la partie de cartes quotidienne, comme on l'est par le désir d'une habitude invincible.

Alors il sortit pour aller au-devant de son compagnon qui devait rentrer à quatre heures.

La neige avait nivelé toute la profonde vallée, comblant les crevasses, effaçant les deux lacs, capitonnant les rochers ; ne faisant plus, entre les sommets immenses, qu'une immense cuve blanche régulière, aveuglante et glacée.

Depuis trois semaines, Ulrich n'était plus revenu au bord de l'abîme d'où il regardait le village. Il y voulut retourner avant de gravir les pentes qui conduisaient à Wildstrubel. Loëche maintenant était aussi sous la neige, et les demeures ne se reconnaissaient plus guère, ensevelies sous ce manteau pâle.

Puis, tournant à droite, il gagna le glacier de Lœmmern. Il allait de son pas allongé de montagnard, en frappant de son bâton ferré la neige aussi dure que la pierre. Et il cherchait avec son œil perçant le petit point noir et mouvant, au loin, sur cette nappe démesurée.

Quand il fut au bord du glacier, il s'arrêta, se demandant si le vieux avait bien pris ce chemin ; puis il se mit à longer les moraines d'un pas plus rapide et plus inquiet.

Le jour baissait ; les neiges devenaient roses ; un vent sec et gelé courait par souffles brusques sur leur surface de cristal. Ulrich poussa un cri d'appel aigu, vibrant, prolongé. La voix s'envola dans le silence de mort où dormaient les montagnes ; elle courut au loin, sur les vagues immobiles et profondes d'écume glaciale, comme un cri d'oiseau sur les vagues de la mer ; puis elle s'éteignit et rien ne lui répondit.

Il se mit à marcher. Le soleil s'était enfoncé, là-bas, derrière les cimes que les reflets du ciel empourpraient encore ; mais les profondeurs de la vallée devenaient grises. Et le jeune homme eut peur tout à coup. Il lui sembla que le silence, le froid, la solitude, la mort hivernale de ces monts entraient en lui, allaient arrêter et geler son sang, raidir ses membres, faire de lui un être immobile et glacé. Et il se mit à courir, s'enfuyant vers sa demeure. Le vieux, pensait-il, était rentré pendant son absence. Il avait pris un autre chemin ; il serait assis devant le feu, avec un chamois mort à ses pieds.

Bientôt il aperçut l'auberge. Aucune fumée n'en sortait. Ulrich courut plus vite, ouvrit la porte. Sam s'élança pour le fêter, mais Gaspard Hari n'était point revenu.

Effaré, Kunsi tournait sur lui-même, comme s'il se fût attendu à découvrir son compagnon caché dans un coin. Puis il ralluma le feu et fit la soupe, espérant toujours voir revenir le vieillard.

De temps en temps, il sortait pour regarder s'il n'apparaissait pas. La nuit était tombée, la nuit blafarde des montagnes, la nuit pâle, la nuit livide qu'éclairait, au bord de l'horizon, un croissant jaune et fin prêt à tomber derrière les sommets.

Puis le jeune homme rentrait, s'asseyait, se chauffait les pieds et les mains en rêvant aux accidents possibles.

Gaspard avait pu se casser une jambe, tomber dans un trou, faire un faux pas qui lui avait tordu la cheville. Et il restait étendu dans la neige, saisi, raidi par le froid, l'âme en détresse, perdu, criant peut-être au secours, appelant de toute la force de sa gorge dans le silence de la nuit.

Mais où ? La montagne était si vaste, si rude, si périlleuse aux environs, surtout en cette saison, qu'il aurait fallu être dix ou vingt guides et marcher pendant huit jours dans tous les sens pour trouver un homme en cette immensité.

Ulrich Kunsi, cependant, se résolut à partir avec Sam si Gaspard Hari n'était point revenu entre minuit et une heure du matin.

Et il fit ses préparatifs.

Il mit deux jours de vivres dans un sac, prit ses crampons d'acier, roula autour de sa taille une corde longue, mince et forte, vérifia l'état de son bâton ferré et de la hachette qui sert à tailler des degrés dans la glace. Puis il attendit. Le feu brûlait dans la cheminée ; le gros chien ronflait sous la clarté de la flamme ; l'horloge battait comme un cœur ses coups réguliers dans sa gaine de bois sonore.

Il attendait, l'oreille éveillée aux bruits lointains, frissonnant quand le vent léger frôlait le toit et les murs.

Minuit sonna ; il tressaillit. Puis, comme il se sentait frémissant et apeuré, il posa de l'eau sur le feu, afin de boire du café bien chaud avant de se mettre en route.

Quand l'horloge fit tinter une heure, il se dressa, réveilla Sam, ouvrit la porte et s'en alla dans la direction du Wildstrubel. Pendant cinq heures, il monta, escaladant des rochers au moyen de ses crampons, taillant la glace, avançant toujours et parfois halant, au bout de sa corde, le chien resté en bas d'un escarpement trop rapide. Il était six heures environ, quand il atteignit un des sommets où le vieux Gaspard venait souvent à la recherche des chamois.

Et il attendit que le jour se levât.

Le ciel pâlissait sur sa tête ; et soudain une lueur bizarre, née on ne sait d'où, éclaira brusquement l'immense océan des cimes pâles qui s'étendaient à cent lieues autour de lui. On eût dit que cette clarté vague sortait de la neige elle-même pour se répandre dans l'espace. Peu à peu les sommets lointains les plus hauts devinrent tous d'un rose tendre comme de la chair, et le soleil rouge apparut derrière les lourds géants des Alpes bernoises.

Ulrich Kunsi se remit en route. Il allait comme un chasseur, courbé, épiant des traces, disant au chien : « Cherche, mon gros, cherche. »

Il redescendait la montagne à présent, fouillant de l'œil les gouffres, et parfois appelant, jetant un cri prolongé, mort bien vite dans l'immensité muette. Alors, il collait à terre l'oreille, pour écouter ; il croyait distinguer une voix, se mettait à courir, appelait de nouveau, n'entendait plus rien et s'asseyait épuisé, désespéré. Vers midi, il déjeuna et fit manger Sam, aussi las que lui-même. Puis il recommença ses recherches.

Quand le soir vint, il marchait encore, ayant parcouru cinquante kilomètres de montagne. Comme il se trouvait trop loin de sa maison pour y rentrer, et trop fatigué pour se traîner plus longtemps, il creusa un trou dans la neige et s'y blottit avec son chien, sous une couverture qu'il avait apportée. Et ils se couchèrent l'un contre l'autre, l'homme et la bête, chauffant leurs corps l'un à l'autre et gelés jusqu'aux moelles cependant.

Ulrich ne dormit guère, l'esprit hanté de visions, les membres secoués de frissons.

Le jour allait paraître quand il se releva. Ses jambes étaient raides, comme des barres de fer, son âme faible à le faire crier d'angoisse, son cœur palpitant à le laisser choir d'émotion dès qu'il croyait entendre un bruit quelconque.

Il pensa soudain qu'il allait aussi mourir de froid dans cette solitude, et l'épouvante de cette mort, fouettant son énergie, réveilla sa vigueur.

Il descendait maintenant vers l'auberge, tombant, se relevant, suivi de loin par Sam, qui boitait sur trois pattes.

Ils atteignirent Schwarenbach seulement vers quatre heures de l'après-midi. La maison était vide. Le jeune homme fit du feu, mangea et s'endormit, tellement abruti qu'il ne pensait plus à rien.

Il dormit longtemps, très longtemps, d'un sommeil invincible. Mais soudain, une voix, un cri, un nom : « Ulrich », secoua son engourdissement profond et le fit se dresser. Avait-il rêvé ? Était-ce un de ces appels bizarres qui traversent les rêves des âmes inquiètes ? Non, il l'entendait encore, ce cri vibrant, entré dans son oreille et resté dans sa chair jusqu'au bout de ses doigts nerveux. Certes, on avait crié ; on avait appelé : « Ulrich ! » Quelqu'un était là, près de la maison. Il n'en pouvait douter. Il ouvrit donc la porte et hurla : « C'est toi, Gaspard ! » de toute la puissance de sa gorge.

Rien ne répondit ; aucun son, aucun murmure, aucun gémissement, rien. Il faisait nuit. La neige était blême.

Le vent s'était levé, le vent glacé qui brise les pierres et ne laisse rien de vivant sur ces hauteurs abandonnées. Il passait par souffles brusques plus desséchants et plus mortels que le vent de feu du désert. Ulrich, de nouveau, cria : « Gaspard ! – Gaspard ! – Gaspard ! »

Puis il attendit. Tout demeura muet sur la montagne ! Alors une épouvante le secoua jusqu'aux os. D'un bond il rentra dans l'auberge, ferma la porte et poussa les verrous ; puis il tomba grelottant sur une chaise, certain qu'il venait d'être appelé par son camarade au moment où il rendait l'esprit.

De cela il était sûr, comme on est sûr de vivre ou de manger du pain. Le vieux Gaspard Hari avait agonisé pendant deux jours et trois nuits quelque part, dans un trou, dans un de ces profonds ravins immaculés dont la blancheur est plus sinistre que les ténèbres des souterrains. Il avait agonisé pendant deux jours et trois nuits, et il venait de mourir tout à l'heure en pensant à son compagnon. Et son âme, à peine libre, s'était envolée vers l'auberge où dormait Ulrich, et elle l'avait appelé de par la vertu mystérieuse et terrible qu'ont les âmes des morts de hanter les vivants. Elle avait crié, cette âme sans voix, dans l'âme accablée du dormeur ; elle avait crié son adieu dernier, ou son reproche, ou sa malédiction sur l'homme qui n'avait point assez cherché.

Et Ulrich la sentait là, tout près, derrière le mur, derrière la porte qu'il venait de refermer. Elle rôdait, comme un oiseau de nuit qui frôle de ses plumes une fenêtre éclairée ; et le jeune homme éperdu était prêt à hurler d'horreur. Il voulait s'enfuir et n'osait point sortir ; il n'osait point et n'oserait plus désormais, car le fantôme resterait là, jour et nuit, autour de l'auberge, tant que le corps du vieux guide n'aurait pas été retrouvé et déposé dans la terre bénite d'un cimetière.

Le jour vint et Kunsi reprit un peu d'assurance au retour brillant du soleil. Il prépara son repas, fit la soupe de son chien, puis il demeura sur une chaise, immobile, le cœur torturé, pensant au vieux couché sur la neige.

Puis, dès que la nuit recouvrit la montagne, des terreurs nouvelles l'assaillirent. Il marchait maintenant dans la cuisine noire, éclairée à peine par la flamme d'une chandelle, il marchait d'un bout à l'autre de la pièce, à grands pas, écoutant, écoutant si le cri effrayant de l'autre nuit n'allait pas encore traverser le silence morne du dehors. Et il se sentait seul, le misérable, comme aucun homme n'avait jamais été seul ! Il était seul dans cet immense désert de neige, seul à deux mille mètres au-dessus de la terre habitée, au-dessus des maisons humaines, au-dessus de la vie qui s'agite, bruit et palpite, seul dans le ciel glacé ! Une envie folle le tenaillait de se sauver n'importe où, n'importe comment, de descendre à Loëche en se jetant dans l'abîme ; mais il n'osait seulement pas ouvrir la porte, sûr que l'autre, le mort, lui barrerait la route, pour ne pas rester seul non plus là-haut.

Vers minuit, las de marcher, accablé d'angoisse et de peur, il s'assoupit enfin sur une chaise, car il redoutait son lit comme on redoute un lieu hanté.

Et soudain le cri strident de l'autre soir lui déchira les oreilles, si suraigu qu'Ulrich étendit les bras pour repousser le revenant, et il tomba sur le dos avec son siège.

Sam, réveillé par le bruit, se mit à hurler comme hurlent les chiens effrayés, et il tournait autour du logis cherchant d'où venait le danger. Parvenu près de la porte, il flaira dessous, soufflant et reniflant avec force, le poil hérissé, la queue droite et grognant.

Kunsi, éperdu, s'était levé et, tenant par un pied sa chaise, il cria : « N'entre pas, n'entre pas, n'entre pas ou je te tue. » Et le chien, excité par cette menace, aboyait avec fureur contre l'invisible ennemi que défiait la voix de son maître.

Sam, peu à peu, se calma et revint s'étendre auprès du foyer, mais il demeura inquiet, la tête levée, les yeux brillants et grondant entre ses crocs.

Ulrich, à son tour, reprit ses sens, mais comme il se sentait défaillir de terreur, il alla chercher une bouteille d'eau-de-vie dans le buffet, et il en but, coup sur coup, plusieurs verres. Ses idées devenaient vagues ; son courage s'affermissait ; une fièvre de feu glissait dans ses veines.

Il ne mangea guère le lendemain, se bornant à boire de l'alcool. Et pendant plusieurs jours de suite il vécut, saoul comme une brute. Dès que la pensée de Gaspard Hari lui revenait, il recommençait à boire jusqu'à l'instant où il tombait sur le sol, abattu par l'ivresse. Et il restait là, sur la face, ivre mort, les membres rompus, ronflant, le front par terre. Mais à peine avait-il digéré le liquide affolant et brûlant, que le cri toujours le même : « Ulrich ! » le réveillait comme une balle qui lui aurait percé le crâne ; et il se dressait chancelant encore, étendant les mains pour ne point tomber, appelant Sam à son secours. Et le chien, qui semblait devenir fou comme son maître, se précipitait sur la porte, la grattait de ses griffes, la rongeait de ses longues dents blanches, tandis que le jeune homme, le col renversé, la tête en l'air, avalait à pleines gorgées comme de l'eau fraîche après une course, l'eau-de-vie qui tout à l'heure endormirait de nouveau sa pensée, et son souvenir, et sa terreur éperdue.

En trois semaines, il absorba toute sa provision d'alcool. Mais cette saoulerie continue ne faisait qu'assoupir son épouvante qui se réveilla plus furieuse dès qu'il lui fut impossible de la calmer. L'idée fixe alors, exaspérée par un mois d'ivresse, et grandissant sans cesse dans l'absolue solitude, s'enfonçait en lui à la façon d'une vrille. Il marchait maintenant dans sa demeure ainsi qu'une bête en cage, collant son oreille à la porte pour écouter si l'autre était là, et le défiant, à travers le mur.

Puis, dès qu'il sommeillait, vaincu par la fatigue, il entendait la voix qui le faisait bondir sur ses pieds.

Une nuit enfin, pareil aux lâches poussés à bout, il se précipita sur la porte et l'ouvrit pour voir celui qui l'appelait et pour le forcer à se taire.

Il reçut en plein visage un souffle d'air froid qui le glaça jusqu'aux os et il referma le battant et poussa les verrous, sans remarquer que Sam s'était élancé dehors. Puis, frémissant, il jeta du bois au feu, et s'assit devant pour se chauffer ; mais soudain il tressaillit, quelqu'un grattait le mur en pleurant.

Il cria éperdu : « Va-t'en. » Une plainte lui répondit, longue et douloureuse.

Alors tout ce qui lui restait de raison fut emporté par la terreur. Il répétait : « Va-t'en » en tournant sur lui-même pour trouver un coin où se cacher. L'autre, pleurant toujours, passait le long de la maison en se frottant contre le mur. Ulrich s'élança vers le buffet de chêne plein de vaisselle et de provisions, et, le soulevant avec une force surhumaine, il le traîna jusqu'à la porte, pour s'appuyer d'une barricade. Puis, entassant les uns sur les autres tout ce qui restait de meubles, les matelas, les paillasses, les chaises, il boucha la fenêtre comme on fait lorsqu'un ennemi vous assiège.

Mais celui du dehors poussait maintenant de grands gémissements lugubres auxquels le jeune homme se mit à répondre par des gémissements pareils.

Et des jours et des nuits se passèrent sans qu'ils cessassent de hurler l'un et l'autre. L'un tournait sans cesse autour de la maison et fouillait la muraille de ses ongles avec tant de force qu'il semblait vouloir la démolir ; l'autre, au-dedans, suivait tous ses mouvements, courbé, l'oreille collée contre la pierre, et il répondait à tous ses appels par d'épouvantables cris.

Un soir, Ulrich n'entendit plus rien ; et il s'assit, tellement brisé de fatigue qu'il s'endormit aussitôt.

Il se réveilla sans un souvenir, sans une pensée, comme si toute sa tête se fût vidée pendant ce sommeil accablé. Il avait faim, il mangea.

....

L'hiver était fini. Le passage de la Gemmi redevenait praticable ; et la famille Hauser se mit en route pour rentrer dans son auberge.

Dès qu'elles eurent atteint le haut de la montée, les femmes grimpèrent sur leur mulet, et elles parlèrent des deux hommes qu'elles allaient retrouver tout à l'heure.

Elles s'étonnaient que l'un d'eux ne fût pas descendu quelques jours plus tôt, dès que la route était devenue possible, pour donner des nouvelles de leur long hivernage.

On aperçut enfin l'auberge encore couverte et capitonnée de neige. La porte et la fenêtre étaient closes ; un peu de fumée sortait du toit, ce qui rassura le père Hauser. Mais en approchant, il aperçut, sur le seuil, un squelette d'animal dépecé par les aigles, un grand squelette couché sur le flanc.

Tous l'examinèrent : « Ça doit être Sam », dit la mère. Et elle appela : « Hé, Gaspard. » Un cri répondit à l'intérieur, un cri aigu, qu'on eût dit poussé par une bête. Le père Hauser répéta : « Hé, Gaspard. » Un autre cri pareil au premier se fit entendre.

Alors les trois hommes, le père et les deux fils, essayèrent d'ouvrir la porte. Elle résista. Ils prirent dans l'étable vide une longue poutre comme bélier, et la lancèrent à toute volée. Le bois cria, céda, les planches volèrent en morceaux ; puis un grand bruit ébranla la maison et ils aperçurent, dedans, derrière le buffet écroulé, un homme debout, avec des cheveux qui lui tombaient aux épaules, une barbe qui lui tombait sur la poitrine, des yeux brillants et des lambeaux d'étoffe sur le corps.

Ils ne le reconnaissaient point, mais Louise Hauser s'écria : « C'est Ulrich, maman. » Et la mère constata que c'était Ulrich, bien que ses cheveux fussent blancs.

Il les laissa venir ; il se laissa toucher ; mais il ne répondit point aux questions qu'on lui posa ; et il fallut le conduire à Loëche où les médecins constatèrent qu'il était fou.

Et personne ne sut jamais ce qu'était devenu son compagnon.

La petite Hauser faillit mourir, cet été-là, d'une maladie de langueur qu'on attribua au froid de la montagne.

Le vagabond

Depuis quarante jours, il marchait, cherchant partout du travail. Il avait quitté son pays, Ville-Avaray, dans la Manche, parce que l'ouvrage manquait. Compagnon charpentier, âgé de vingt-sept ans, bon sujet, vaillant, il était resté pendant deux mois à la charge de sa famille, lui, fils aîné, n'ayant plus qu'à croiser ses bras vigoureux, dans le chômage général. Le pain devint rare dans la maison ; les deux sœurs allaient en journée, mais gagnaient peu ; et lui, Jacques Randel, le plus fort, ne faisait rien parce qu'il n'avait rien à faire, et mangeait la soupe des autres.

Alors, il s'était informé à la mairie ; et le secrétaire avait répondu qu'on trouvait à s'occuper dans le Centre.

Il était donc parti, muni de papiers et de certificats, avec sept francs dans sa poche et portant sur l'épaule, dans un mouchoir bleu attaché au bout de son bâton, une paire de souliers de rechange, une culotte et une chemise.

Et il avait marché sans repos, pendant les jours et les nuits, par les interminables routes, sous le soleil et sous les pluies, sans arriver jamais à ce pays mystérieux où les ouvriers trouvent de l'ouvrage.

Il s'entêta d'abord à cette idée qu'il ne devait travailler qu'à la charpente, puisqu'il était charpentier. Mais, dans tous les chantiers où il se présenta, on répondit qu'on venait de congédier des hommes, faute de commandes, et il se résolut, se trouvant à bout de ressources, à accomplir toutes les besognes qu'il rencontrerait sur son chemin.

Donc, il fut tour à tour terrassier, valet d'écurie, scieur de pierres ; il cassa du bois, ébrancha des arbres, creusa un puits, mêla du mortier, lia des fagots, garda des chèvres sur une montagne, tout cela moyennant quelques sous, car il n'obtenait, de temps en temps, deux ou trois jours de travail qu'en se proposant à vil prix, pour tenter l'avarice des patrons et des paysans.

Et maintenant, depuis une semaine, il ne trouvait plus rien, il n'avait plus rien et il mangeait un peu de pain, grâce à la charité des femmes qu'il implorait sur le seuil des portes, en passant le long des routes.

Le soir tombait, Jacques Randel harassé, les jambes brisées, le ventre vide, l'âme en détresse, marchait nu-pieds sur l'herbe au bord du chemin, car il ménageait sa dernière paire de souliers, l'autre n'existant plus depuis longtemps déjà. C'était un samedi, vers la fin de l'automne. Les nuages gris roulaient dans le ciel, lourds et rapides, sous les poussées du vent qui sifflait dans les arbres. On sentait qu'il pleuvrait bientôt. La campagne était déserte, à cette tombée de jour, la veille d'un dimanche. De place en place, dans les champs, s'élevaient, pareilles à des champignons jaunes, monstrueux, des meules de paille égrenées ; et les terres semblaient nues, étant ensemencées déjà pour l'autre année.

Randel avait faim, une faim de bête, une de ces faims qui jettent les loups sur les hommes. Exténué, il allongeait les jambes pour faire moins de pas et, la tête pesante, le sang bourdonnant aux tempes, les yeux rouges, la bouche sèche, il serrait son bâton dans sa main avec l'envie vague de frapper à tour de bras sur le premier passant qu'il rencontrerait rentrant chez lui manger la soupe.

Il regardait les bords de la route avec l'image, dans les yeux, de pommes de terre défouies, restées sur le sol retourné. S'il en avait trouvé quelques-unes, il eût ramassé du bois mort, fait un petit feu dans le fossé, et bien soupé, ma foi, avec le légume chaud et rond, qu'il eût tenu d'abord, brûlant, dans ses mains froides.

Mais la saison était passée, et il devrait, comme la veille, ronger une betterave crue, arrachée dans un sillon.

Depuis deux jours il parlait haut en allongeant le pas sous l'obsession de ses idées. Il n'avait guère pensé, jusque-là, appliquant tout son esprit, toutes ses simples facultés, à sa besogne professionnelle. Mais voilà que la fatigue, cette poursuite acharnée d'un travail introuvable, les refus, les rebuffades, les nuits passées sur l'herbe, le jeûne, le mépris qu'il sentait chez les sédentaires pour le vagabond, cette question posée chaque jour : « Pourquoi ne restez-vous pas chez vous ? », le chagrin de ne pouvoir occuper ses bras vaillants qu'il sentait pleins de force, le souvenir des parents demeurés à la maison et qui n'avaient guère de sous, non plus, l'emplissaient peu à peu d'une colère lente, amassée chaque jour, chaque heure, chaque minute, et qui s'échappait de sa bouche, malgré lui, en phrases courtes et grondantes.

Tout en trébuchant sur les pierres qui roulaient sous ses pieds nus, il grognait : « Misère... misère... tas de cochons... laisser crever de faim un homme... un charpentier... tas de cochons... pas quatre sous... pas quatre sous... v'là qu'il pleut... tas de cochons !... »

Il s'indignait de l'injustice du sort et s'en prenait aux hommes, à tous les hommes, de ce que la nature, la grande mère aveugle, est inéquitable, féroce et perfide.

Il répétait, les dents serrées : « Tas de cochons ! » en regardant la mince fumée grise qui sortait des toits, à cette heure du dîner. Et, sans réfléchir à cette autre injustice, humaine, celle-là, qui se nomme violence et vol, il avait envie d'entrer dans une de ces demeures, d'assommer les habitants et de se mettre à table, à leur place.

Il disait : « J'ai pas le droit de vivre, maintenant... puisqu'on me laisse crever de faim... je ne demande qu'à travailler, pourtant... tas de cochons. » Et la souffrance de ses membres, la souffrance de son ventre, la souffrance de son cœur lui montaient à la tête comme une ivresse redoutable, et faisaient naître, en son cerveau, cette idée simple : « J'ai le droit de vivre, puisque je respire, puisque l'air est à tout le monde. Alors, donc, on n'a pas le droit de me laisser sans pain ! »

La pluie tombait, fine, serrée, glacée. Il s'arrêta et murmura : « Misère... encore un mois de route avant de rentrer à la maison... » Il revenait en effet chez lui maintenant, comprenant qu'il trouverait plutôt à s'occuper dans sa ville natale, où il était connu, en faisant n'importe quoi, que sur les grands chemins où tout le monde le suspectait.

Puisque la charpente n'allait pas, il deviendrait manœuvre, gâcheur de plâtre, terrassier, casseur de cailloux. Quand il ne gagnerait que vingt sous par jour, ce serait toujours de quoi manger.

Il noua autour de son cou ce qui restait de son dernier mouchoir, afin d'empêcher l'eau froide de lui couler dans le dos et sur la poitrine. Mais il sentit bientôt qu'elle traversait déjà la mince toile de ses vêtements et il jeta autour de lui un regard d'angoisse, d'être perdu qui ne sait plus où cacher son corps, où reposer sa tête, qui n'a pas un abri par le monde.

La nuit venait, couvrant d'ombre les champs. Il aperçut, au loin, dans un pré, une tache sombre sur l'herbe, une vache. Il enjamba le fossé de la route et alla vers elle, sans trop savoir ce qu'il faisait.

Quand il fut auprès, elle leva vers lui sa grosse tête, et il pensa : « Si seulement j'avais un pot, je pourrais boire un peu de lait. »

Il regardait la vache ; et la vache le regardait ; puis, soudain, lui lançant dans le flanc un grand coup de pied : « Debout ! » dit-il.

La bête se dressa lentement, laissant pendre sous elle sa lourde mamelle ; alors l'homme se coucha sur le dos, entre les pattes de l'animal, et il but, longtemps, pressant de ses deux mains le pis gonflé, chaud, et qui sentait l'étable. Il but tant qu'il resta du lait dans cette source vivante.

Mais la pluie glacée tombait plus serrée, et toute la plaine était nue sans lui montrer un refuge. Il avait froid ; et il regardait une lumière qui brillait entre les arbres, à la fenêtre d'une maison.

La vache s'était recouchée, lourdement. Il s'assit à côté d'elle, en lui flattant la tête, reconnaissant d'avoir été nourri. Le souffle épais et fort de la bête, sortant de ses naseaux comme deux jets de vapeur dans l'air du soir, passait sur la face de l'ouvrier qui se mit à dire : « Tu n'as pas froid là-dedans, toi. »

Maintenant, il promenait ses mains sur le poitrail, sous les pattes, pour y trouver de la chaleur. Alors une idée lui vint, celle de se coucher et de passer la nuit contre ce gros ventre tiède. Il chercha donc une place, pour être bien, et posa juste son front contre la mamelle puissante qui l'avait abreuvé tout à l'heure. Puis, comme il était brisé de fatigue, il s'endormit tout à coup.

Mais, plusieurs fois, il se réveilla, le dos ou le ventre glacé, selon qu'il appliquait l'un ou l'autre sur le flanc de l'animal ; alors il se retournait pour réchauffer et sécher la partie de son corps qui était restée à l'air de la nuit ; et il se rendormait bientôt de son sommeil accablé.

Un coq chantant le mit debout. L'aube allait paraître ; il ne pleuvait plus ; le ciel était pur.

La vache se reposait, le mufle sur le sol ; il se baissa en s'appuyant sur ses mains, pour baiser cette large narine de chair humide, et il dit : « Adieu, ma belle... à une autre fois... t'es une bonne bête... Adieu... »

Puis il mit ses souliers, et s'en alla.

Pendant deux heures, il marcha devant lui suivant toujours la même route ; puis une lassitude l'envahit, si grande, qu'il s'assit dans l'herbe.

Le jour était venu ; les cloches des églises sonnaient, des hommes en blouse bleue, des femmes en bonnet blanc, soit à pied, soit montés en des charrettes, commençaient à passer sur les chemins, allant aux villages voisins fêter le dimanche chez des amis, chez des parents.

Un gros paysan parut, poussant devant lui une vingtaine de moutons inquiets et bêlants qu'un chien rapide maintenait en troupeau.

Randel se leva, salua : « Vous n'auriez pas du travail pour un ouvrier qui meurt de faim ? » dit-il.

L'autre répondit en jetant au vagabond un regard méchant :

– Je n'ai point de travail pour les gens que je rencontre sur les routes.

Et le charpentier retourna s'asseoir sur le fossé.

Il attendit longtemps ; regardant défiler devant lui les campagnards, et cherchant une bonne figure, un visage compatissant pour recommencer sa prière.

Il choisit une sorte de bourgeois en redingote, dont une chaîne d'or ornait le ventre.

– Je cherche du travail depuis deux mois, dit-il. Je ne trouve rien ; et je n'ai plus un sou dans ma poche.

Le demi-monsieur répliqua : « Vous auriez dû lire l'avis affiché à l'entrée du pays. – La mendicité est interdite sur le territoire de la commune. – Sachez que je suis le maire, et, si vous ne filez pas bien vite, je vais vous faire ramasser. »

Randel, que la colère gagnait, murmura : « Faites-moi ramasser si vous voulez, j'aime mieux cela, je ne mourrai pas de faim, au moins. »

Et il retourna s'asseoir sur son fossé.

Au bout d'un quart d'heure, en effet, deux gendarmes apparurent sur la route. Ils marchaient lentement, côte à côte, bien en vue, brillants au soleil avec leurs chapeaux cirés, leurs buffleteries jaunes et leurs boutons de métal, comme pour effrayer les malfaiteurs et les mettre en fuite de loin, de très loin.

Le charpentier comprit bien qu'ils venaient pour lui ; mais il ne remua pas, saisi soudain d'une envie sourde de les braver, d'être pris par eux, et de se venger, plus tard.

Ils approchaient sans paraître l'avoir vu, allant de leur pas militaire, lourd et balancé comme la marche des oies. Puis tout à coup, en passant devant lui, ils eurent l'air de le découvrir, s'arrêtèrent et se mirent à le dévisager d'un œil menaçant et furieux.

Et le brigadier s'avança en demandant :

– Qu'est-ce que vous faites ici ?

L'homme répliqua tranquillement :

– Je me repose.

– D'où venez-vous ?

– S'il fallait vous dire tous les pays où j'ai passé, j'en aurais pour plus d'une heure.

– Où allez-vous ?

– À Ville-Avaray.

– Où c'est-il ça ?

– Dans la Manche.

– C'est votre pays ?

– C'est mon pays.

– Pourquoi en êtes-vous parti ?

– Pour chercher du travail.

Le brigadier se retourna vers son gendarme, et, du ton colère d'un homme que la même supercherie finit par exaspérer :

– Ils disent tous ça, ces bougres-là. Mais je la connais, moi.

Puis il reprit :

– Vous avez des papiers ?

– Oui, j'en ai.

– Donnez-les.

Randel prit dans sa poche ses papiers, ses certificats, de pauvres papiers usés et sales qui s'en allaient en morceaux, et les tendit au soldat.

L'autre les épelait en ânonnant, puis constatant qu'ils étaient en règle, il les rendit avec l'air mécontent d'un homme qu'un plus malin vient de jouer.

Après quelques moments de réflexion, il demanda de nouveau :

– Vous avez de l'argent sur vous ?

– Non.

– Rien ?

– Rien.

– Pas un sou seulement ?

– Pas un sou seulement.

– De quoi vivez-vous, alors ?

– De ce qu'on me donne.

– Vous mendiez, alors ?

Randel répondit résolument :

– Oui, quand je peux.

Mais le gendarme déclara : « Je vous prends en flagrant délit de vagabondage et de mendicité, sans ressources et sans profession, sur la route, et je vous enjoins de me suivre. »

Le charpentier se leva.

– Ousque vous voudrez, dit-il.

Et se plaçant entre les deux militaires avant même d'en recevoir l'ordre, il ajouta :

– Allez, coffrez-moi. Ça me mettra un toit sur la tête quand il pleut.

Et ils partirent vers le village dont on apercevait les tuiles, à travers des arbres dépouillés de feuilles, à un quart de lieue de distance.

C'était l'heure de la messe, quand ils traversèrent le pays. La place était pleine de monde, et deux haies se formèrent aussitôt pour voir passer le malfaiteur qu'une troupe d'enfants excités suivait. Paysans et paysannes le regardaient, cet homme arrêté, entre deux gendarmes, avec une haine allumée dans les yeux, et une envie de lui jeter des pierres, de lui arracher la peau avec les ongles, de l'écraser sous leurs pieds. On se demandait s'il avait volé et s'il avait tué. Le boucher, ancien spahi, affirma : « C'est un déserteur. » Le débitant de tabac crut le reconnaître pour un homme qui lui avait passé une pièce fausse de cinquante centimes, le matin même, et le quincaillier vit en lui indubitablement l'introuvable assassin de la veuve Malet que la police cherchait depuis six mois.

Dans la salle du conseil municipal, où ses gardiens le firent entrer, Randel retrouva le maire, assis devant la table des délibérations et flanqué de l'instituteur.

– Ah ! ah ! s'écria le magistrat, vous revoilà, mon gaillard. Je vous avais bien dit que je vous ferais coffrer. Eh bien, brigadier, qu'est-ce que c'est ?

Le brigadier répondit : « Un vagabond sans feu ni lieu, monsieur le maire, sans ressources et sans argent sur lui, à ce qu'il affirme, arrêté en état de mendicité et de vagabondage, muni de bons certificats et de papiers bien en règle.

– Montrez-moi ces papiers », dit le maire. Il les prit, les lut, les relut, les rendit, puis ordonna : « Fouillez-le. » On fouilla Randel ; on ne trouva rien.

Le maire semblait perplexe. Il demanda à l'ouvrier :

– Que faisiez-vous ce matin, sur la route ?

– Je cherchais de l'ouvrage.

– De l'ouvrage ? Sur la grand-route ?

– Comment voulez-vous que j'en trouve si je me cache dans les bois ?

Ils se dévisageaient tous les deux avec une haine de bêtes appartenant à des races ennemies. Le magistrat reprit : « Je vais vous faire mettre en liberté, mais que je ne vous y reprenne pas ! »

Le charpentier répondit : « J'aime mieux que vous me gardiez. J'en ai assez de courir les chemins. »

Le maire prit un air sévère :

– Taisez-vous.

Puis il ordonna aux gendarmes :

– Vous conduirez cet homme à deux cents mètres du village, et vous le laisserez continuer son chemin.

L'ouvrier dit : « Faites-moi donner à manger, au moins. »

L'autre fut indigné : « Il ne manquerait plus que de vous nourrir ! Ah ! ah ! ah ! elle est forte celle-là ! »

Mais Randel reprit avec fermeté : « Si vous me laissez encore crever de faim, vous me forcerez à faire un mauvais coup. Tant pis pour vous autres, les gros. »

Le maire s'était levé, et il répéta : « Emmenez-le vite, parce que je finirais par me fâcher. »

Les deux gendarmes saisirent donc le charpentier par les bras et l'entraînèrent. Il se laissa faire, retraversa le village, se retrouva sur la route ; et les deux hommes l'ayant conduit à deux cents mètres de la borne kilométrique, le brigadier déclara :

– Voilà, filez et que je ne vous revoie point dans le pays, ou bien vous aurez de mes nouvelles.

Et Randel se mit en route sans rien répondre, et sans savoir où il allait. Il marcha devant lui un quart d'heure ou vingt minutes, tellement abruti qu'il ne pensait plus à rien.

Mais soudain, en passant devant une petite maison dont la fenêtre était entrouverte, une odeur de pot-au-feu lui entra dans la poitrine et l'arrêta net, devant ce logis.

Et, tout à coup, la faim, une faim féroce, dévorante, affolante, le souleva, faillit le jeter comme une brute contre les murs de cette demeure.

Il dit, tout haut, d'une voix grondante : « Nom de Dieu ! faut qu'on m'en donne, cette fois. » Et il se mit à heurter la porte à grands coups de son bâton. Personne ne répondit ; il frappa plus fort, criant : « Hé ! hé ! hé ! là-dedans, les gens ! hé ! ouvrez ! »

Rien ne remua ; alors, s'approchant de la fenêtre, il la poussa avec sa main, et l'air enfermé de la cuisine, l'air tiède plein de senteurs de bouillon chaud, de viande cuite et de choux s'échappa vers l'air froid du dehors.

D'un saut, le charpentier fut dans la pièce. Deux couverts étaient mis sur une table. Les propriétaires, partis sans doute à la messe, avaient laissé sur le feu leur dîner, le bon bouilli du dimanche, avec la soupe grasse aux légumes.

Un pain frais attendait sur la cheminée, entre deux bouteilles qui semblaient pleines.

Randel d'abord se jeta sur le pain, le cassa avec autant de violence que s'il eût étranglé un homme, puis il se mit à le manger voracement, par grandes bouchées vite avalées. Mais l'odeur de la viande, presque aussitôt, l'attira vers la cheminée, et, ayant ôté le couvercle du pot, il y plongea une fourchette et fit sortir un gros morceau de bœuf, lié d'une ficelle. Puis il prit encore des choux, des carottes, des oignons jusqu'à ce que son assiette fût pleine, et, l'ayant posée sur la table, il s'assit devant, coupa le bouilli en quatre parts et dîna comme s'il eût été chez lui. Quand il eut dévoré le morceau presque entier, plus une quantité de légumes, il s'aperçut qu'il avait soif et il alla chercher une des bouteilles posées sur la cheminée.

À peine vit-il le liquide en son verre qu'il reconnut de l'eau-de-vie. Tant pis, c'était chaud, cela lui mettrait du feu dans les veines, ce serait bon, après avoir eu si froid ; et il but.

Il trouva cela bon en effet, car il en avait perdu l'habitude ; il s'en versa de nouveau un plein verre, qu'il avala en deux gorgées. Et, presque aussitôt, il se sentit gai, réjoui par l'alcool comme si un grand bonheur lui avait coulé dans le ventre.

Il continuait à manger, moins vite, en mâchant lentement et trempant son pain dans le bouillon. Toute la peau de son corps était devenue brûlante, le front surtout où le sang battait.

Mais, soudain, une cloche tinta au loin. C'était la messe qui finissait ; et un instinct plutôt qu'une peur, l'instinct de prudence qui guide et rend perspicaces tous les êtres en danger, fit se dresser le charpentier, qui mit dans une poche le reste du pain, dans l'autre la bouteille d'eau-de-vie, et, à pas furtifs, gagna la fenêtre et regarda la route.

Elle était encore toute vide. Il sauta et se remit en marche ; mais, au lieu de suivre le grand chemin, il fuit à travers champs vers un bois qu'il apercevait.

Il se sentait alerte, fort, joyeux, content de ce qu'il avait fait et tellement souple qu'il sautait les clôtures des champs, à pieds joints, d'un seul bond.

Dès qu'il fut sous les arbres, il tira de nouveau la bouteille de sa poche, et se remit à boire, par grandes lampées, tout en marchant. Alors ses idées se brouillèrent, ses yeux devinrent troubles, ses jambes élastiques comme des ressorts.

Il chantait la vieille chanson populaire :

Ah ! qu'il fait donc bon
Qu'il fait donc bon
Cueillir la fraise.

Il marchait maintenant sur une mousse épaisse, humide et fraîche, et ce tapis doux sous les pieds lui donna des envies folles de faire la culbute, comme un enfant.

Il prit son élan, cabriola, se releva, recommença. Et, entre chaque pirouette, il se remettait à chanter :

> *Ah ! qu'il fait donc bon*
> *Qu'il fait donc bon*
> *Cueillir la fraise.*

Tout à coup, il se trouva au bord d'un chemin creux et il aperçut, dans le fond, une grande fille, une servante qui rentrait au village, portant aux mains deux seaux de lait, écartés d'elle par un cercle de barrique.

Il la guettait, penché, les yeux allumés comme ceux d'un chien qui voit une caille.

Elle le découvrit, leva la tête, se mit à rire et lui cria :

– C'est-il vous qui chantiez comme ça ?

Il ne répondit point et sauta dans le ravin, bien que le talus fût haut de six pieds au moins.

Elle dit, le voyant soudain debout devant elle : « Cristi, vous m'avez fait peur ! »

Mais il ne l'entendait pas, il était ivre, il était fou, soulevé par une autre rage plus dévorante que la faim, enfiévré par l'alcool, par l'irrésistible furie d'un homme qui manque de tout, depuis deux mois, et qui est gris, et qui est jeune, ardent, brûlé par tous les appétits que la nature a semés dans la chair vigoureuse des mâles.

La fille reculait devant lui, effrayée de son visage, de ses yeux, de sa bouche entrouverte, de ses mains tendues.

Il la saisit par les épaules, et, sans dire un mot, la culbuta sur le chemin.

Elle laissa tomber ses seaux qui roulèrent à grand bruit en répandant leur lait, puis elle cria, puis, comprenant que rien ne servirait d'appeler dans ce désert, et voyant bien à présent qu'il n'en voulait pas à sa vie, elle céda, sans trop de peine, pas très fâchée, car il était fort, le gars, mais par trop brutal vraiment.

Quand elle se fut relevée, l'idée de ses seaux répandus l'emplit tout à coup de fureur, et, ôtant son sabot d'un pied, elle se jeta, à son tour, sur l'homme, pour lui casser la tête s'il ne payait pas son lait.

Mais lui, se méprenant à cette attaque violente, un peu dégrisé, éperdu, épouvanté de ce qu'il avait fait, se sauva de toute la vitesse de ses jarrets, tandis qu'elle lui jetait des pierres, dont quelques-unes l'atteignirent dans le dos.

Il courut longtemps, longtemps, puis il se sentit las comme il ne l'avait jamais été. Ses jambes devenaient molles à ne le plus porter ; toutes ses idées étaient brouillées, il perdait souvenir de tout, ne pouvait plus réfléchir à rien.

Et il s'assit au pied d'un arbre.

Au bout de cinq minutes il dormait.

Il fut réveillé par un grand choc, et, ouvrant les yeux, il aperçut deux tricornes de cuir verni penchés sur lui, et les deux gendarmes du matin qui lui tenaient et lui liaient les bras.

– Je savais bien que je te repincerais, dit le brigadier goguenard.

Randel se leva sans répondre un mot. Les hommes le secouaient, prêts à le rudoyer, s'il faisait un geste, car il était leur proie à présent, il était devenu du gibier de prison, capturé par ces chasseurs de criminels qui ne le lâcheraient plus.
– En route ! commanda le gendarme.

Ils partirent. Le soir venait, étendant sur la terre un crépuscule d'automne, lourd et sinistre.

Au bout d'une demi-heure, ils atteignirent le village.

Toutes les portes étaient ouvertes, car on savait les événements. Paysans et paysannes soulevés de colère, comme si chacun eût été volé, comme si chacune eût été violée, voulaient voir rentrer le misérable pour lui jeter des injures.

Ce fut une huée qui commença à la première maison pour finir à la mairie, où le maire attendait aussi, vengé lui-même de ce vagabond.

Dès qu'il l'aperçut, il cria de loin :
– Ah, mon gaillard ! nous y sommes.

Et il se frottait les mains, content comme il l'était rarement.

Il reprit : « Je l'avais dit, je l'avais dit, rien qu'en le voyant sur la route. »

Puis, avec un redoublement de joie :
– Ah ! gredin, ah ! sale gredin, tu tiens tes vingt ans, mon gaillard !

Randel se leva sans répondre un mot. Les hommes le secouaient, prêts à le rudoyer, s'il faisait un geste, car il était leur proie à présent, il était devenu du gibier de prison, capturé par ces chasseurs de criminels qui ne le lâcheraient plus.
– En route ! commanda le gendarme.

Ils partirent. Le soir venait, étendant sur la terre un crépuscule d'automne, lourd et sinistre.

Au bout d'une demi-heure, ils atteignirent le village.

Toutes les portes étaient ouvertes, car on savait les événements. Paysans et paysannes soulevés de colère, comme si chacun eût été volé, comme si chacune eût été violée, voulaient voir rentrer le misérable pour lui jeter des injures.

Ce fut une huée qui commença à la première maison pour finir à la mairie, où le maire attendait aussi, vengé lui-même de ce vagabond.

Dès qu'il l'aperçut, il cria de loin :
– Ah, mon gaillard ! nous y sommes.

Et il se frottait les mains, content comme il l'était rarement.

Il reprit : « Je l'avais dit, je l'avais dit, rien qu'en le voyant sur la route. »

Puis, avec un redoublement de joie :
– Ah ! gredin, ah ! sale gredin, tu tiens tes vingt ans, mon gaillard !